신발과 미터자

들려지지 않는 어린이들의 목소리

Curatore dell'edizione / *Editing*
Marina Castagnetti, Vea Vecchi

Traduzione / *Translation into English*
Leslie Morrow

Progetto grafico / *Graphic design*
Rolando Baldini, Vania Vecchi

Inpaginazione /*Text composition*
Isabella Meninno

Consulenza pedago gica per I' edizione /
Pedagogical consultancy for the publication
Carla Rinaldi

Scarpa e metro edito da:
Shoe and Meter published by:
REGGIO CHILDREN s.r.l.

신발과 미터자

초판3쇄 · 2013. 6. 20
저   자 · Reggio Children s.r.l.
역   자 · 오문자
발 행 인 · 김혜옥
발 행 처 · 다음세대
서울 동대문구 신설동 92-7 (㊉130-110)
전   화 · 927-2121~5 (본사)   928-3390~1 (출판부)
                928-6663~5 (영업부)
팩   스 · 928-0698 (출판부)   922-1391 (영업부)
홈페이지 · Http://www.boyuksa.co.kr
등록 · 1994. 7. 22. 제 5-443호

ISBN-89-86456-82-6
값: 9,000원

■ 파본은 본사나 구입하신 서점에서 교환하여 드립니다.

레지오 에밀리아 시립 영유아 센터와 유아학교
Municipal Infant-Toddler Centers and Preschools of Reggio Emilia

신발과 미터자
Shoe and Meter

어린이와 측정
측정의 발견, 기능, 그리고 사용에 대한 최초의 접근들

Children and measurement
First approaches to the discovery, function, and use of measurement

주인공들
디애나학교의
5세와 6세 어린이들
5 and 6-year-old children
of the Diana School

프로젝트 담당자
마리나 캐스타네티
베아 베끼
Marina Castagnetti
Vea Vecchi

사진
베아 베끼
Vea Vecchi

교육자문
로리스 말라구찌
Loris Malaguzzi

그림
5세와 6세의 어린이들
drawings by
5 and 6-year-old children

내용
Contents

본문에 앞서서

"신발과 미터자"라는 제목의 서론과 프로젝트와
이미지들에 대한 해설들은 로리스 말라구찌가
쓴 글과 그와의 대화 녹음 내용을 편집하며
함께 전체 문장을 만든 것이다.
말라구찌는 자주 교사들과 함께 만나서 기록작업한
자료들에 대해 토론과 해석을 하기도 했다.
이 기회들은 매우 값진 것들이었다.
글을 재구성하는 매우 미묘한 작업에, 우리는 가능한 한
개입하지 않으려고 했고, 저자가 갖고 있는 말투와
리듬에 최대한 주의를 기울이며 존중하려고 했다.

Preliminary note

*The introduction entitled "Shoe and Meter" and the
comments on the project and images were edited from texts
written by Loris Malaguzzi and recordings of conversations
with him, brought together to form an integral text.
Malaguzzi often met with the teachers to discuss and
interpret the documentary material together with them.
These were precious occasions.
In the delicate operation of rewriting, we tried to intervene
as little as possible and with the utmost attention to and
respect for the rhythm and narrative style of the author.*

아이디어들을 나누고 있는 뇌들
Brains exchanging ideas

포착하기 힘든 본질

시초부터, 우리가 "들려지지 않는 어린이들의 목소리"라고 부르는 시리즈를 내고자 하는 용감한 시도를 하게 된 것은 어린이들에게 자신을 나타낼 기회를 주기 위한 것이었다.

어린이들이 자신들의 삶과 사고에 대해 우리에게 보여준 흔적들을 말로만 표현 할 수는 없으며, 그 이상의 것들이 더 필요하다: 즉, 이미지들, 그림들, 글들, 그리고 무엇보다도 이야기들이 필요하다.

신발과 미터자를 통해서 우리는 한 집단의 5세 어린이들이 측정과 수라는 개념들을 구체화하고 의미를 부여하려는 이야기를 들을 수 있다.

이 매혹적인 이야기는 수세기 전에 프랜시스 베이컨(Francis Bacon)이 주장했던 바가 옳다는 것을 입증해 준다:《 만약 머리와 손이 따로 작용을 하게되면, 아무 것도 이루지를 못한다: 둘이 함께 작용하면, 무엇인가를 이룰 수는 있으나, 머리와 손이 도구를 가지고 작용할 때 훨씬 더 효과적이다.》

그렇다면, 베이컨(Bacon)이 우리에게 상기시켜 준대로, 지식을 습득함에 있어서, 우리가 사용하는 도구들이 갖고 있는 조산법(助産法:소크라테스의 교육법으로 학습자가 이미 알고 있는 것에서 출발하여 능동적으로 새로운 지식을 얻도록 하는 방법-역자주)적인 위력을 잊어버릴 수는 없다. 왜냐하면, 도구들도 아이디어들을 자극하고 사고들에 생동감을 주기 때문이다. 따라서, 이 이야기가 보여주듯이, 항상 물체와 도구들이 갖고 있는 창의적인 잠재성을 어떻게 활용할 지를 알아야만 한다. 무엇이 가능한 지를 생각해 보는 것 자체가 고안, 발견, 계획의 행위이며, 이것은 어린이들에게도 해당되는 이야기이다.

그러나, 또한 우리가 취한 이런 관점은, 지식의 습득은 성인이 어린이에게 적절한 경로를 통해서 지식과 내용을 전달해 주는 것이라는 전통적인 심리학적 접근과 거리가 있는 생각이라는 점을 알고 있어야 한다.

상호작용적-구성주의적 접근은 위의 생각과 달리, 어린이들이 스스로 발견할 수 있는 것은 가르치지 않을 것을 제안한다. 이와 같은 사고방식에 따르면, 교사의 결정적인 역할은 무엇보다도 간접적으로 개입을 하면서, 학습을 촉진시키는 맥락을 제공해 주고, 풍요로운 상황을 창출하며, 어린이들이 자신들의 학습과정에서 직접적인 주역이며 구성자가 되도록 돕는 것이다.

이 책에서 묘사된 경험이 바로 그런 접근을 보여주는 것이다. 그러나, **신발과 미터자**를 출판하는 것은 또 다른 중요한 기능을 한다: 이 책은 교육적 기록작업의 효과적 사례인 것이다. 이런 이유로 해서 우리는 이탈리아 교육부와 협동으로 출판을 하는 모험적 시도를 하기로 결정을 하였으며, 이탈리아 교육부와 레지오 에밀리아 시청은 최근 유아 교육의 질적 수준의 향상을 위해 함께 일하기로 협약을 맺었다.

본인의 견해에 의하면, 현재 교육에 있어서 가장 중요한 쟁점 중의 하나가 바로 **기록작업**이다. 동시에, 유아교육은 역사적으로 **기록작업**에 대해 일종의 거부반응을 보이는 인간활동의 한 분야라는 것도 부인할 수 없는 사실이다. 주로 입증적 증거보다는 이론을 제공해 주고 있는 (그리고, 결국은, 개념적인 측면을 주로 다루는) 학문적인 책과 논문들은 많이 있지만, 그 이외에는, 학교에서 실제 일어나며 실천적이며 이론적인 발전의 풍요로움(혹은 빈약함)을 진실로 가시화 시켜서 이런 발달들을 분석할 기회를 제공해 주는 기록 자료들은 거의 없다. 이런 이유로 인해서, 많은 교육적 경험들이, 가장 진보적인 경험들조차도, 자칫하면 개개 교육자들의 개인적 추억 속에만 남게되기 쉬운 것이다.

우리는 이처럼 교육적 연구와 반영을 하는데 소중한 자료가 될 수도 있는 많은 사건과 아이디어들을 여태까지 계속 흩날려 버려온 것이다.

기록작업이 처음에는 어린이들에게 자신들의 작업을 평가해 보고 부모들에게 학교에서 일어나는 경험들을 보다 잘 이해할 수 있는 기회를 제공하기 위한 방법으로 시작된 것이기는 하지만, 곧 교사들로 하여금 자신들이 어린이들과 함께 한 작업들을 재방문하고 재검토하여 교사의 전문가적 발달 측면에서 의심할 여지가 없는 혜택을 제공해 주는 훌륭한 기회가 된다는 것이 밝혀졌다.

기록작업의 가치는 최근 발간된 이탈리아 유아학교들을 위한 **Orientamenti(공식적 지침서)**에서도 당연히 강조되었으므로, 이제 기록작업이라는 것이 단지 매일의 실제로서 만이 아니라 교육자들을 위한 **정신적 형태**로서 확립되기를 바란다. 그러나 아마도, 이 시점에서 우리는 기록작업이 수행할 수 있는 기능과 목적을 보다 잘 규정지어야만 할 것이다.

기록작업의 목적이 어린이들을 보다 잘 이해하기 위한 것이 되도록 하려면, 우리는 기록작업은 교수적 프로젝트의 마지막 결과물을 보존하고 사용하는 한 방식이라는 생각을 버려야 한다.

이와 같이 제한된 개념으로 기록작업을 하게 되면, 우리로 하여금 결과에 대해 평가를 하고 그 결과를 보다 잘 이해하도록 해줄 수는 있으나, 어떻게 그런 결과들을 이루게 되었는지에 대해서는 우리가 알 수가 없다. 그런 근거에서, 많은 교육자들은 이제 결과를 기록하는 것보다는 **과정들**을 기록으로 남기는 것이 책략적으로 중요하다는 것을 역설한다.

이런 점에서 비추어 볼 때, 우리는 다음과 같은 점을 좀더 고려해 보아야 한다.

흔히, 과정들에 대한 기록작업은 교육경험의 마지막 부분에 이르러 계획되고 수행되면서, 그간 일어났던 과정들을 단지 기술한 내용으로 구성되기도 한다. 이것은 경험을 충실하게 재생해 내기와 같은 것으로, 일어났던 일을 충실하게 전사하면서, 그 안에서 객관적으로 표현해내고 사실들의 실제 일어난 사항을 가능한 한 고수하는 데 총력을 기울인다. 이런 유형을 "요약에 의한" 기록작업이라고 부를 수 있는데, 이것은 사고들과 사건들을 재조직하고 재배치 할 자료를 제공해 준다는 점에서 물론 유용하고 중요하다. 그러나, 이런 것은 생떽 쥐베리(Saint-Exupéry)의 **어린 왕자** 책에서도 언급되고 있는 교육적 진실이 결여되어 있다. 즉, 사물의 진정한 본질은 눈으로는 포착할 수가 없다는 점이다. 다시 말해서, 교육에서 중요한 것은 흔히 사진으로 찍히거나 녹음되지 않는데, 왜냐하면, 그런 것들은 해석을 어떻게 하는 지와 관련된 것이기 때문이다.

우리가 만약 어린이들이 현실 세계를 접하면서 구성해 내는 의미들의 기원과 발달을 탐색해 보고자 한다면, 그리고 우리가 만약 어린이들의 학습 과정에서 개개 어린이들이 사용하는 사고와 행위의 절차들에 대해 좀 더 알고자 한다면, 우리는 어린이 주변에서 일어난 것만이 아니라, 무엇보다도 어린이

안에서 일어났다고 생각되는 것들까지를 기록해야만 한다. 그러므로, 우리는 한 어린이의 성장과 발달에 개입된 과정들에서 눈에 보이지 않지만 매우 의미심장한 측면들을 포착해 보려고 하면서, **일어났을 수 있는 것**들을 해석해 내려고 애 써야만 한다.

교육적이고 관계적인 과정의 의미들은 흔히 숨겨져 있으며, 인지적 양면성과 의미론적 복수성을 생각하도록 하는데, 이는 이딸로 칼비노(Italo Calvino)가 **American Lessons** 라는 책에서 마주친 상황과도 같다: 〈〈우리는 항상 잠재적이고 가설적인 것에 지나지 않는 숨겨진 그 무엇을 추구하고 있으며, 그것의 흔적들이 우리 앞에 드러나는 대로 따라가는 것이 다.〉〉

본인은 단지 기술적이며 직선적인 요약에 지나지 않는 기록작업이 과연 인지적이며 의사소통적인 가치를 어느 정도 갖고 있는지 의심해 보아야 한다고 생각한다. 이런 유형의 기록작업은 경험적 현실을 그대로 재현해냈다는 착각을 줄 수도 있으나, 오히려 현실을 궁핍화시키고 고정화시키는 경우가 더 많다.

그렇다면, 일어났던 사건들을 구체화하고 의미를 부여하는 데 있어서, 가설적이며 해석적인 여정을 따르려고 하고, 깊게 파 보려고 하며, 반드시 연속적이지만은 않은 구성과 경로를 상상해 보려고 시도하는, "이야기에 의한" 기록작업을 활용하는 편이 더 나을 것이다. 즉, 사건들과 과정들의 신비로움을 밝혀보려고 그것들에게 의미를 부여하는 것을 말한다.

이것은, 우리가 사실들이 실제적으로 일어난 연속적 순서에 초점을 맞추기보다는, 오히려, 이야기를 통해서, 인간의 배움이라는 절묘한 모험을 가능한 한 이해해 보려고 하는 것이 필요하다는 것을 의미한다.

우리는 어떻게 어린이들이 배워가는지, 어떻게 지식과 견해가 형성되는지, 어떻게 기술과 능력이 자리를 잡는지, 어떤 책략과 얼마나 많은 책략들이 사고와 언어에 도움을 주는지 등에 대해서 아는 것이 거의 없다.

우리는 이 면에서는 아직 너무 무지기 때문에 기술한다고 주장하는 의사소통적 및 기록적 형식을 앞세우는 사치를 부릴 여유가 없다. 우리는 해석을 할 용기를 가져야만 한다.

월터 벤자민(Walter Bengamin)의 매력적인 문구를 바꾸어 말하자면, 이야기를 쓰는 사람은 여행가이고, 요약을 적어내는 사람은 한 곳에 머무는 정적인 인물이라고 하겠다. 한 곳에 머무는 정적인 사람들은 이미 알려지고 통상적인 것을 좋아하며 확실성과 규칙성을 추구한다. 여행가는 새로운 것에 열린 자세를 취하며, 미지의 땅을 탐색할 용기를 갖고 있다.

이런 이유에서 본인은, 요약적-기술적이기보다는 이야기체로 된 "이야기로서의 기록작업"이, 현실을 그대로 나타내줄 뿐만 아니라 우리로 하여금 현실에 대해서 반영해 보도록 하기 위해서 사실들을 읽어내고 다시 돌이켜 보며 의미를 찾고자 하는 학교와 교육자들의 욕구에 더 잘 부합된다고 생각한다. 이야기의 인지적이며 해독적인 위력에 대해 쟌니 로다리(Gianni Rodari) 또한 매우 중요하게 인식하고 있으며 다음의 말을 한 것으로 유명하다: 〈〈일상의 사물들은 그것을 관찰하고 그것에 대해 이야기 할 줄 아는 사람들을 위해서는 멋진 비밀들을 간직하고 있다.〉〉

이런 견지에서 볼 때, 기록작업은 교육적 조직과 계획수립에 있어서 매우 핵심적인 부분을 차지하고 있으며, 귀기울여 듣고, 관찰하고, 평가하는데 있어서 필수 불가결한 도구이다. 이것은 기교적-전문적 기술로서 보다는 정신적 공간과 문화적 태도로서 정의될 수 있다.

이런 이유에서, 본인은 **신발과 미터자**라는 책은 교수적 기록작업의 효과적인 시도를 나타내 주는 것이라 생각한다. 이 책은 삶에 대한 이야기를 해주고 있고, 학교와 교육이 무력하고 현실과 괴리되어있다는 이미지에서 벗어나게 해 주었으며, 체면을 깎아내리고 반복되는 일상으로 점철된 직업에 자유스러움과 의미를 부여해 주면서 모린(Morin)이라는 교사의 "잠재적 천재성"에 새로운 힘을 불어넣어 주기 때문이다.

이와 같은 구체적 고려사항을 제외하고라도, 본인은 교육적 경험에 대한 기록물들과 증거를 산출해 내게 되면 인간 정신이 어떻게 작용하는 지와 어린이들의 학습유형 및 행동책략이 어떻게 작용하는 지에 대해 보다 잘 이해하게 된다는 것을 의미한다는 점을 교육계가 이해하여야만 한다고 깊이 확신하고 있다. 이것이 새로운 교육이론과 실제를 만들어 내는 풍요로운 근원이 될 수도 있으며 유아기의 새로운 문화를 기대해 볼 수도 있을 것이다.

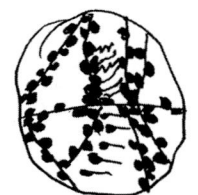

어린이들의 교육은 그와 같은 새로운 문화 전선을 절실하게 필요로 한다.

서지오 스파르쥐아리
레지오 에밀리아 시립 영유아-센터 및
유아학교의 디렉터

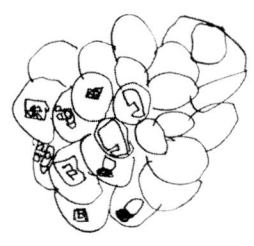

다양한 방식으로 생각하는 뇌
Brains that think in a different way

The Invisibility of the Essential

Right from its inception, the courageous endeavor of the series that we call "The Unheard Voice of Children" was to give a voice to children. The traces that children leave us of their lives and thoughts cannot be enclosed in words alone, but need something more: images, drawings, writings, and above all narratives.

Shoe and Meter *invites us to listen to the story of a group of five-year-old children who are trying to give shape and meaning to the concepts of measurement and number.*

This fascinating story testifies to the soundness of the argument advanced many centuries ago by Francis Bacon: «If the head and the hand act separately, they conclude nothing; if they work together they can accomplish something, but much more can be done when head and hand work together with a tool.»

In acquiring knowledge, then, as Bacon reminds us, the maieutic power of the tools we use must not be forgotten because they, too, can stimulate ideas and bring thoughts to life. Thus it is always wise - as this story demonstrates - to know how to grasp the creative potential of objects and tools. Thinking about what is possible is in itself an act of inventing, discovering, and planning, and this is also true for children.

We must also be aware, though, that assuming this point of view takes us away from the traditional psychological approaches to knowledge acquisition based on the transmission of knowledge and content from adults to children by way of appropriate channels.

The interactive-constructivist approach turns this idea around and proposes not to teach children what they can discover for themselves. In this way of thinking, the crucial role of the teacher is to intervene above all indirectly, offering contexts that facilitate learning, creating enriching situations and helping the children to be the direct agents and constructors of their own learning processes. The experience described in this book testifies to such an approach.

But the publication of Shoe and Meter *also has another important function: it is an effective example of educational documentation. This is one of the reasons why we seized the opportunity to initiate a collaborative publishing venture with the Italian Ministry of Education, with whom the Municipality of Reggio Emilia has recently stipulated an agreement for working together to raise quality standards in early childhood education.*

Documentation, *in my opinion, is currently one of the most crucial issues in education. At the same time, we can cannot deny that early childhood education is one branch of human activity that has historically manifested a sort of "allergy" to documentation. Apart from the scholarly books and articles, which are many but tend to offer theories rather than testimonies (and which, in any case, are primarily concerned with conceptual aspects), there are few documentary materials that can truly make visible the wealth (or poverty) of practical and theoretical developments that actually take place in schools and provide an opportunity to analyze these developments.*

This is why many educational experiences, even the most progressive, risk remaining anchored only to the personal memories of individual educators.

We thus have a consistent dispersion of the wealth of ideas and events which could otherwise become precious material for pedagogical study and reflection.

Though documentation may have originated as a way to offer children an opportunity to evaluate their own work and to keep parents better informed about school experiences, it was soon discovered to be an extraordinary opportunity for teachers to revisit and re-examine their own work with children, offering unquestionable benefits in terms of professional development.

The value of documentation has also been duly underscored in the recently published Orientamenti *(official guidelines) for Italian preschools, and it is thus to be hoped that documentation will be consolidated not only as a daily practice but also as a forma mentis for educators.*

But perhaps at this point we should better define the possible functions and aims of documentation.

If the aim of documenting is to understand children better, then we must reject the idea of documentation merely as a way to conserve and use the final results of a didactic project. Though limiting documentation in this way can certainly enable us to evaluate the results and understand them better, it does not show us how those results were reached. For this reason, many educators now assert the strategic importance of documenting processes rather than products.

In this light, we should make some further considerations.

The documentation of processes is often planned and carried out at the end of an educational experience, and is constructed simply as a descriptive account of the steps taken along the way. This becomes a sort of faithful reproduction of the experience, an authentic transcription of what took place, in which the greatest effort is made to provide an objective representation and adhere as much as possible to the real mechanics of the facts.

This type of documentation, which I would call "by summary", is undoubtedly useful and important because it provides material for reordering and reorganizing thoughts and events. But it seems to leave out an educational truth which was also evoked by Saint-Exupéry in The Little Prince, *i.e. that the real essence of things is invisible to the eye. In other words, what counts in education is often that which escapes being photographed or tape-recorded, because it belongs to the world of possible interpretations.*

If we are interested in exploring the genesis and development of meanings that children construct in their encounters with reality, if we want to know more about the procedures of thought and action used by individual children in their learning processes, then we must document not only that which took place around the child, but above all that which we think has taken place within the child. Therefore, we must attempt to interpret the possible occurrences, trying to grasp the invisible but extraordinarily significant aspects of the processes involved in a young child's growth and development. The meanings of an educational and relational process are often hidden, and lead to thoughts of cognitive ambivalence and semantic plurality, a situation which Italo Calvino confronted in American Lessons: «We are always searching for something hidden which is only potential and hypothetical, the traces of which we follow as they appear.»

I feel that we should be somewhat suspicious of the cognitive and communicative value of documentation that is merely descriptive and offers a linear summary. This type of documentation can give the illusion of reproducing the empirical reality, but more often than not it impoverishes and immobilizes that reality.

It would be better, then, to make use of documentation "by narrative" which, in giving shape and substance to the events that have taken place, attempts to follow hypothetical and interpretive itineraries, to dig down deep, to imagine plots and paths that are not necessarily sequential; i.e. to give meaning to events and processes in an attempt to reveal their mysteries.

This means that we do not need to focus solely on the actual succession of facts, but rather to pursue, by way of the story, a possible understanding of the intricate adventure of human learning.

We know too little about how children learn, how knowledge and opinions are formed, how skills and abilities are consolidated, which and how many strategies serve thought and language. We are still too ignorant in this regard to be able to afford the luxury of giving priority to a communicative and documentary form that claims to describe. We must have the courage to interpret.

Paraphrasing a charming metaphor of Walter Benjamin's, I would say that he who writes stories is the traveller, and he who writes summaries is the sedentary person. Sedentary people love that which is known and usual, and search for certainties and regularity. The traveller is open to the new and has the courage to explore unknown lands.

For this reason, I feel that "documentation-as-story", with a narrative rather than summary-descriptive style, better corresponds to the need for schools and educators to read and revisit the facts and search for meanings not merely in order to reflect reality but to enable us to reflect on reality. The cognitive and deciphering power of narrative was also much appreciated by Gianni Rodari, who is well remembered for saying: «Everyday things hold wonderful secrets for those who know how to observe and to tell about them.»

In this light, documentation becomes an integral part of educational planning and organization and an indispensable tool for listening, observing, and evaluating. It could be defined as a mental space *and a cultural attitude more than a technical-professional skill.*

For this reason, I think that Shoe and Meter *represents an effective attempt at didactic documentation, because it tells a story of life, because it takes the school and pedagogy away from an image of impotence and separation from reality, and because it gives new strength to the "potential genius" of teachers (Morin), giving freedom and meaning to a job that is too often humiliated and fraught with routine.*

Apart from these specific considerations, it is my deep conviction that the world of school must begin to understand that producing documents and testimonies to the educational experience means drawing closer to a better understanding of the workings of the human mind and of children's learning styles and behavioral strategies. This can create a rich source of new pedagogical theories and practices, as well as hopes for a new culture of childhood.

Early education is greatly in need of such a new cultural frontier.

Sergio Spaggiari
Director of the Municipal Infant-toddler Centers and Preschools
of Reggio Emilia

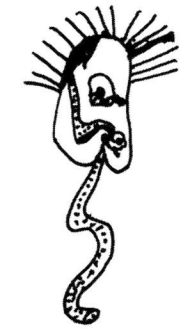

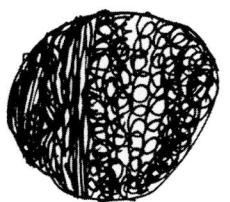

다양한 방식으로 생각하는 뇌
Brains that think in a different way

신발과 미터자

공간, 소리, 차원, 측정, 그리고 수에 대해 지각하고 배우는 것은 어린이들이 태어나는 순간부터 경험하는 삶과 관계의 일부이다. 현대의 삶은 수학적 언어들, 지각들, 기호들, 그리고 상징들로 가득 차 있다.

우리의 작업과 작업도구들, 의상들과 악세사리들, 건물을 세우고 길을 닦기, 치수 재기(길이, 폭, 높이, 무게, 화폐의 가치 등.): 이런 것들과 그 이외에 우리 일상생활의 다른 많은 측면들에는 기하학적이고 산술적인 지각이 포함되어 있다.

어린이들은 방향 잡기, 게임들, 사물을 묘사하고 관계를 지어 비교하는데 사용되는 언어들을 경험하면서 수학적 사고에 접근한다. 그러나, 새로운 단어들과 어휘들을 만들어 내야만 했던 원시인들과는 달리, 오늘날의 어린이들은 끊임없이 수의 이름들, 수의 그림들, 그리고 양과 측정값을 나타내는 말들을 마주치게 되는데, 어린이들은 이런 말들의 의미, 가치, 역할 그리고 목적들을 알지도 못한 채 그 말들을 사용한다. 교육은 실제적인 경험에서 시작해야 한다고 우리가 믿는다면, 학교는 이런 경험들을 끌어들여서 조사하고, 연구하며 적용하는 대상으로 삼아야 한다. 학교는 구체적인 문제와 상황에서 시작해서 좀더 즉각적이며 지속적인 관심과 동기를 확보해야 한다.

여기서 소개된 이야기에서, 어린이들은 실제적 삶의 상황을 직면하고 있다: 학교에 작업용 책상이 하나 더 필요한데, 그것은 다른 것들과 크기나 모양이 똑같아야만 한다. 그러면 우리는 어떻게 하지?

어린이들은 목수 한 사람을 불러서 책상을 만들어 달라고 하자는 제안을 한다. 그러나 우리가 갖고자 하는 것을 목수에게 어떻게 보여줄 수 있을까? 목수가 말한다: 《나에게 치수를 모두 주면 내가 책상을 만들어 줄게.》 어린이들은 필요한 모든 치수를 주기로 한다. 그러자 목수가 곧 이어 다음의 질문을 던지자 어린이들은 긴장한다: 《너희들 치수 잴 줄 아니?》 이것은 아주 커다란 도전거리이다. 여섯 명의 어린이들이 그 일을 해결하겠다고 자원을 했는데, 그 중 남자 어린이가 다섯 명이고 여자 어린이 한 명이며, 나이는 5세 5개월에서 6세 2개월 사이였다. 이 어린이들은 그간 4년 이상을 서로 알고 지내왔다. 그러나, 그들이 측정의 세계로 함께 모험을 떠나기로 한 것은 처음 있는 일이었고, 이 주제에 대해서 이 어린이들은 특별한 개념이나 경험이 없는 상태였다.

우리는 측정이라는 것이 5세 어린이들이 수와 수학적인 언어들의 세계로 접근하는 데에 가장 좋으며 유용한 통로가 되리라고 확신한다.

우리의 조사연구- 혹은 우리가 "probe(탐사 혹은 탐침)라고 부르는 것"-는 시뮬레이션도 아니며 실험실 연구도 아니다. 이것은 어린이들 자신이 만들어 낸 문제에서 시작된 것이다. 교사들로서 우리는 학교라는 맥락 안에서 일종의 생태학적인 관찰을 통해 심리적, 인지적 그리고 교육적인 지표들과 의미들을 찾아내려고 애쓸 것이다. 간단히 말해서, 우리는 우리 자신과 어린이들의 삶의 한 조각을 들여다 보고 있는 것이다. 우리는 어떤 형태의 경직된 방법론도 피해 갈 것이다.

어린이들 집단이, 오전에 시간의 제약없이 자신들이 필요한 만큼 작업을 하기로 우리와 동의했다. 어린이들은 처음에 자신들이 결정한 대로 작업할 수도 있지만, 일이 진행되어 감에 따라서, 모두 함께 작업할 것인지, 보다 작은 집단으로 할 것인지, 아니면 각자 작업할 것인지에 대한 선택을 마음대로 하게 될 것이다. 우리는 이 어린이들이 그 문제와 어떻게 그리고 어느 정도까지 "결속하게" 될 것인지가 궁금하다.

우리는 서두르지 않을 것이며, 우리 중 어느 누구도 어린이들이 생각하고 해보며, 아이디어들을 찾고, 만들어 내고 바꾸며 적용하는 데에 필요한 시간을 전혀 막지 않을 것이다. 학급의 다른 어린이들은 이 일이 진행되어 감에 따라 그 상황을 듣게 될 것이다. 두 명의 교사가 이 프로젝트에 직접 관여를 하게 되는데, 한 사람은 관찰하고 녹음을 하며, 다른 사람은 사진을 찍을 것이다. 교사들의 역할은 주로 어린이들이 자신들이 한 경험을 재방문하는 순간이 있거나 지식을 잠시 대여해 줄 필요가 있을 때에 자원을 제공해주는 사람이 될 것이다. 교사들은 어린이들이 수렁에 빠져 헤어 나오지 못할 경우에만 개입을 하기로 하는데, 피아제 이론의 의미에 따라 사고가 진전될 수 있는 상황을 고안하고, 비고츠키의 이론에서의 근접발달영역을 포착함으로 해서 어린이들이 다시 시작하고 조정을 하도록 도와줄 것이다.

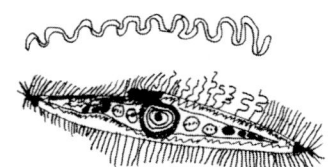

이 조사연구는 약 열흘 간 지속이 되었고 매일 40분-50분 정도 작업을 한 것이다.

어린이들은 자신들이 직면한 과제가 복합적이라고 해서 이것 때문에 위협을 느끼거나 위축되지 않는다. 사실, 그 도전이 크면 클수록, 어린이들은 보다 집착이 강해지며, 아주 진지하게 문제에 집중하는 순간들과 함께 장난스럽게 탐색하는 순간들이 교차하곤 하는데, 이 모든 순간들에서 극치의 즐거움을 느낀다.

로리스 말라구
찌 레지오에밀리아 유아교육 경험의
창시자이며 교육자

Shoe and Meter

Perceiving and learning about spaces, sounds, dimensions, measurements, and numbers is part of children's experience of life and relationships from the moment they are born. Modern life is full of mathematical languages, perceptions, signs, and symbols. Our work and working tools, our clothing and accessories, the construction of buildings and roads, making measurements (length, width, height, weight, the value of money, etc.): these and many other aspects of our daily life involve geometrical and arithmetical perceptions.

Children approach mathematical thought through experiences of orientation, games, and the language used for describing things and making relations and comparisons. But differently from primitive peoples who had to create new words and lexicons, the children of today are constantly confronted with names of numbers, pictures of numbers, and words expressing quantity and measurement, and they use these words even before knowing their meanings, values, roles, and purposes.

If we believe that education should start from real experiences, then the school should appropriate these experiences and make them the subject of investigation, study, and application. The school should start from concrete problems and situations so as to ensure more immediate and lasting interest and motivation.

In the story told here, the children are confronted with a real-life situation: the school needs another work table, one that will be identical to the others, the same size and same shape. So what can we do?

The children suggest that we call in a carpenter and ask him to build us the table. But how can we show him what we want? The carpenter says: «Give me all the measurements and I'll make you the table.» The children agree to give him all the necessary measurements. But the carpenter immediately puts them on guard by asking: «Do you know how to measure?» It's a big challenge.

Six children volunteer for the job, five boys and one girl, from 5.5 to 6.2 years old. These children have known each other for more than four years.

This is the first time they have ventured together into the world of measuring, and they do not have any particular notions or experience with this subject.

We are convinced that measurement is the best and most useful channel through which the 5-year-olds can approach the world of numerical and mathematical languages.

Our investigation - or "probe" as we call it - involves neither a simulation nor a laboratory experiment, but originates from a problem that the children have made their own.

As teachers, we will attempt to carry out a sort of ethological observation in a school context to look for psychological, cognitive, and educational indications and meanings. In short, we are looking at a piece of life, ours and the children's. We will steer clear of any sort of rigid methodology.

We agree with the group of children that they will work in the mornings for as long as they need to. They will be free to confirm their original decisions as well as to choose, as they go along, whether to work all together, in smaller groups, or individually. We are curious to see how and to what extent the children will "bond" with the problem.

We will not be in a hurry, and no one will deny the children the time they need for thinking and doing, for finding, creating or changing ideas and applications. The other children in the class will be kept informed about the work as it progresses.

Two teachers will be directly involved in the project, one observing and tape recording and the other taking photographs. The role of the teachers will mainly be as resource people for the children, particularly in the moments of revisiting and when loans of knowledge are needed. They will intervene only when the children get bogged down, to help them start up again and make adjustments, devising situations for advancement in the Piagetian sense and identifying the zones of proximal development as per Vygotsky.

The investigation lasts for about ten days, with 40-50 minutes of work time per day.

The complexity of the children's task never daunts them or paralyzes their work. Indeed, the greater the challenge, the more tenacious the children become, and moments of serious concentration alternate with moments of playful exploration together, all with the utmost enjoyment.

Loris Malaguzzi

Educator and founder of the early childhood educational experience of Reggio Emilia

앞서 말했던 것처럼, 이 경험은 실제 삶의 상황에서 시작된
다: 어린이들이 자신의 교실에 작업용 책상을 하나 더 갖고
자 하는 것이다.
우리는 목수를 불러왔고 어린이들은 목수에게 묻는다:
《《우리한테 이것과 똑같은 책상을 하나 만들어 줄래요?》》
《《난 치수가 필요한데.》》 목수가 말한다.
어린이들은 그 기회를 놓치게 될까봐 답을 한다:
《《우리가 할 거예요.》》 어린이들과 목수는 우리를 쳐다보
고, 우리는 "좋아"라고 답을 한다. 아주 대단한 도전거리가
될 것이다.
목수는 곧 이어서 어린이들을 긴장시킨다: 《《너희들 치수를
잴 수 있니?》》 어린이들은 잽싸게 대답한다:
**《《그러면 목수아저씨는 어때요? 아저씨는 이것과 꼭 같은
책상을 정말 만들 줄 아나요?》》** 그래서 이렇게 도전이 시
작된다.

*As we said, the experience originates from a
real-life situation: the children's desire to have
another work table in their classroom.*
We call in the carpenter and the children ask him:
«Will you make us a table just like this one?»
«I need the measurements,» says the carpenter.
*The children, afraid of losing an opportunity,
reply:* «We'll do them.» *The children and the
carpenter look at us, and we say "okay".*
It's going to be a big challenge.
*The carpenter immediately puts the children
on guard:* «Do you know how to make
measurements?» *Their reply is swift:* «And what
about you? Do you really know how to make
a table exactly like this one?» *And so the challenge
is launched.*

몇몇 어린이들은 힘들다고 이야기를 하고, 몇몇은
일단 시작은 해봐야 한다, 책상은 잴 것이 너무 많다,
숫자가 필요하다고도 말한다. 이런 일반적인 우려들이
있음에도 불구하고, 이 모험에 착수하고 싶은 그들의
강한 욕구를 거의 숨길 수는 없다.

*Some of the children say it's hard, some say that you
just have to start, that the table has too many
measurements, that you need numbers. The general
apprehension, however, only thinly conceals their
strong desire to set off on the adventure.*

앨런이 나서서 일이 시작되도록 한다: 《《세면서 손가락으로 재면 되는거야. 손가락을 차례대로 놓으면서 한쪽 손으로 다섯까지 세고, 그리고는 열까지 세면 되지.》》 앨런의 아이디어는 바른 방향으로 흘러가고, 앨런의 동료들도 아이디어가 생긴다.

토론이 계속되고, 어느 시점에 이르러서, 토마쏘와 다니엘라가 잠시 집단을 벗어나 어디를 간다.

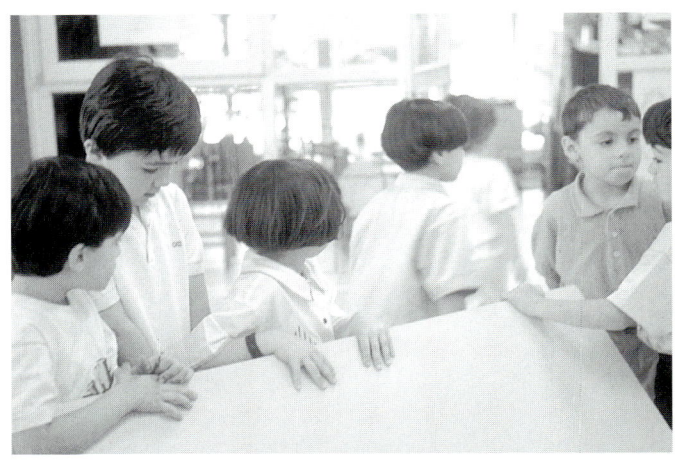

It is Alan who gets things rolling: «You count and you measure with your fingers. You put one finger after the other, you count to five on your other hand and then up to ten.» Alan's idea is headed in the right direction, and his companions get the idea.

The discussion continues, and at a certain point Tommaso and Daniela leave the group momentarily.

그 어린이들은 종이를 몇 장 가지고 돌아와서는 말하기를:

《〈**책상을 우선 그려 봐야지 우리가 이해할 수가 있어.**〉》

They come back with some sheets of paper, saying:

«We have to draw the table so we can understand it.»

여기에 있는 것은 토마쏘와 다니엘라가 그린 책상 그림들이다. 이 책상들은 "무엇이 올려 놓아져" 있고, 책상이 일상적으로 하는 기능들을 하며, 병, 유리컵과 컴퓨터가 놓여있다. 여기서, 토마쏘와 다니엘라는 그리기의 기호적인 가치를 지각하고 있다고 볼 수 있는데, 마치 여기 나타난 책상이 앞으로 직면해야만 하는 전반적 문제들의 지각하게 하고, 아이디어들과 잠재적인 해결책에 함께 초점을 맞출 수 있게 하며, 이해하고 의사소통하는 추가적인 방법을 제공해 주는 것으로 보인다.

Here are the tables drawn by Tommaso and Daniela. They are "inhabited" tables, carrying out their normal function, holding bottles, glasses, a computer. We could say that Tommaso and Daniela have perceived the notational value of a drawing, as if the table illustrated could provide an overall perception of the problems to be confronted, a more shared focus on the ideas and potential solutions, and an additional means for understanding and communicating.

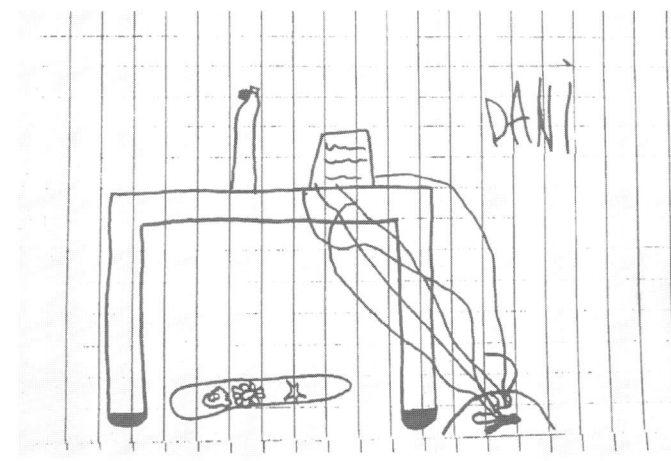

교사들이 처음으로 내린 결정은, 어린이들이 그린 그림에서 도출된 것으로, 기존의 책상을 모델로 사용하면서 교실 밖의 맥락에 놓아주어서 그 책상의 본질적 형태로서 지각이 되도록 하자는 것이다.

어린이들은 앨런의 아이디어를 시도해 본다: 《세고 손가락으로 재어봐야 해. 손가락을 연달아서 놓고…》.

신체는 측정에 필요한 요소들을 제공해 준다: 손가락들, 한 뼘, 또는 주먹, 팔뚝 등…

…그리고 다리,

The first decision made by the teachers, suggested by the children's drawings, is to use an existing table as a model, but situated outside the classroom context so that it is perceived in terms of its essential forms. The children try out Alan's idea: «You count and you measure with your fingers. You put one finger after the other...» *The body can provide you with the elements you need for measuring: fingers, an open hand or a fist, a forearm, ...*

... a leg,

어린이들은 자신들이 고대의 측정 방법을 반복하고 있다는 사실을 모른다. 고대인들이 처음 한 측정은 "눈짐작"에 의한 것으로, 요소들을 시각적으로 측정 한다: 길고, 덜 길고, 크고, 덜 크고, 등등. 측정은 어느 정도 신체에 의해 "흡수되어진"것 같다. 아마도, 이런 이유에서 우리가 측정치를 서로 알리려면, 마치 우리 신체들에서 그 부분들을 추출해 낼 수 있는 것처럼, 우리의 신체 부위를 사용하는 것일 것이다. 어린이들에게 신체의 부분들은 즉각적으로 사용할 수 있으면서 동시에 쓰기에 재미있기 때문에, 측정의 도구가 되는 것 같다.

...그리고 심지어는 머리도, 책상의 크기를 나타내주는 두 지점을 연결한 직선 거리를 따라서 연속적으로 놓아 볼 수 있다.

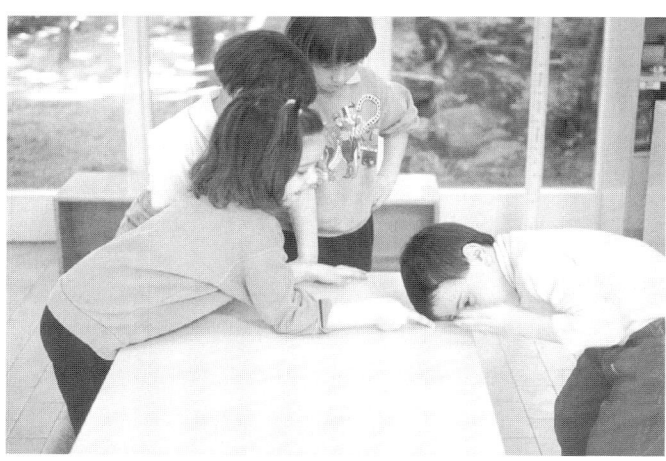

... and even your head, placed successively in a straight line to join two distant points that mark the size of the table.

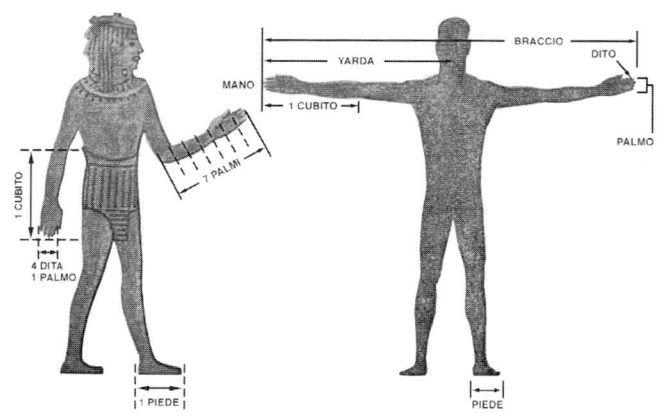

The children are not aware that they are repeating the ancient gestures of measuring. The first measurements they make are by "eyeballing", making visual evaluations of the elements: long, less long, taller, less tall, and so on. Measurements seem to be somehow "absorbed" by the body. Perhaps this explains why we use parts of the body when we need to communicate measurement, as if we could extract them from our bodies. For the children, the parts of the body provide measuring instruments that are not only immediately available but also fun to use.

어린이들은 그리고 나서 손가락 쓰기를 포기하고,
주먹을 시도하며, 주먹을 포기하고, 다시 손뼘을 가지고
시도해 보고, 마지막으로는 다리를 써보게 된다.
어린이들은 긴 측정 단위가 재는 작업을 간편하게 해 줄
것이라는 것을 발견한 것처럼 보인다.

The children then abandon using fingers, try fists,
discard fists, try hand spans and finally arrive at
using their legs. They seem to have discovered
that a longer unit of measurement will economize
the work.

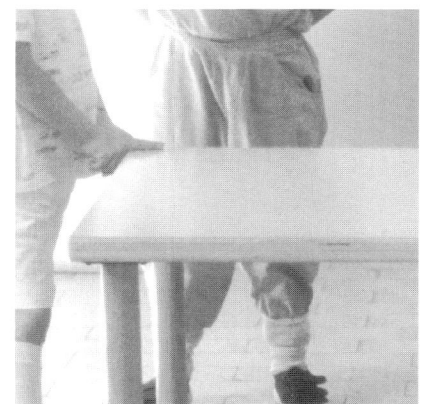
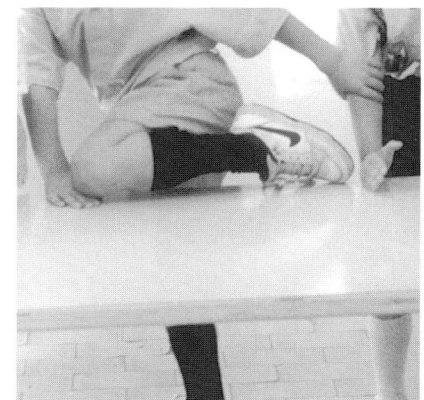

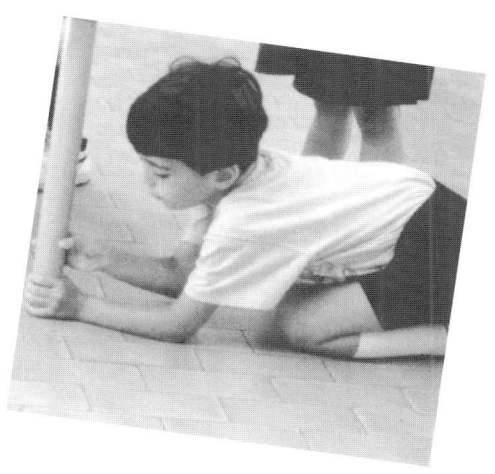

사용할 수 있는 신체 부위를 다 시도해 보고 난 후, 어린이들은 곧 다른 측정 도구를 찾아낸다.

《《나는 부엌에 가서 국자를 가져올래.》》
《《난 책으로 해 볼거야.》》

아마도 그들은 자신의 몸 밖에 있는 물체들을 사용하는 것이 더 쉽다는 것을 깨달았을 것이며, 또한 어떤 물체들을 선택을 해도 된다는 것을 알았을 것이다. 기본적인 조건은 측정 도구가 측정 대상 물체보다 작아야 하며, 측정 대상인 물체를 전부 잴 때까지 여러 번 반복할 수 있으며 셀 수 있어야 한다는 것이다. 어린이들은 또한 어떤 물체를 사용하면 측정 수치가 모자라거나 넘쳐서 부정확하게 될 수도 있다는 것을 깨닫게 될 것이다.

이 과정은 어린이들이 보다 분석적인 방식으로 배우도록 만들 것이다. 어린이들은 비교의 결과(측정한 것을 나타내주는 숫자)가 측정 도구의 크기에 따라 달라진다는 것도 배울 것이다. 어린이들은 만약 동일한 크기를 여러 번 측정해서 일정한 결과를 얻고자 하면 불변성의 가치를 이해해야 하며, 이것에서 가능한 한 공유할 수 있고 통상적인 도구를 선택해야만 하는 필요성이 생기는 것이다. 어린이들은 구체적인 것에서 시작해서 추상적인 발견들을 해나가야 할 것이라는 것뿐만 아니라, 구체적 영역에서 작업을 잘하고 이해를 하기 위해서는 자주 추상적 논리가 필요할 것이라는 것도 배운다. 그리고 그들은 아마도 측정의 언어를 사용한다는 것은 자기들이 그간 익숙하게 사용해 온 것과는 다른 새로운 언어를 발견해야 한다는 것을 의미한다는 것도 깨닫게 된다.

그러나 이러한 직관들과 이해한 것들은 항상 즉각적인 강화가 수반될 필요가 있다.

어린이들은 특별히 어떤 한 방식을 채택할지 마음을 결정하지 못한 채, 한 측정 단위에서 다른 것으로 옮겨다녔다. 이제는 이 장애를 극복해야만 할 순간이 왔고, 모든 사람들

과 공유하면서 사용 할 수 있는 측정의 유형을 찾아내야 한다는 것을 어린이들은 깨닫기 시작한다.

교사로서 지금 일어나고 있는 학습을 어떻게 지원해 줄 수 있을까?

사실, 그리고 아마도 모순적으로, 우리가 지금 해야만 할 일은 어린이들 자신들이 창출해 낸 혼돈 속으로 그들을 더 밀어 넣는 것일 것이다. 아마도 이것이 그들로 하여금 한 맥락에서 다른 맥락으로 문제를 이동시키도록 도와서 모순점이 명확하게 드러나도록 할 수 있을 것이다. 한 맥락에서 다른 맥락으로 문제를 이동시키도록 도와서 할수 있을 것이다.

When the body parts have been exhausted, the children soon find other types of measuring instruments. «I'm going to the kitchen to get a wooden spoon.» «I'm going to try with a book.» *Perhaps they realize that it is easier to handle and use objects that are extraneous to their bodies, and also that these objects can be chosen freely. The basic conditions are that the measuring tool must be smaller than the object to be measured, that it is replicable and can be counted until the object being measured is completely covered. The children will also realize that using certain objects can make the resulting measurements imprecise, either by defect or excess.*

This process will require the children to learn in more analytical terms. They will learn that the product of comparison (the number that expresses the measurement) depends on the size of the instrument chosen for measuring. They must learn to master the value of invariance if they want to find an identical result for many measurements of the same size, and from this arises the need to choose an instrument that is as shareable and conventional as possible. They learn that they will have to pass from concrete to abstract discoveries, but also that it will often be the abstract reasoning that enables them to understand and work better in the concrete realm. And they probably realize that speaking the language of measurement means discovering a new and different language from the one they are accustomed to using. But intuitions and understandings such as these always need immediate reinforcement.

The children have moved from one unit of measurement to another without yet making a definitive choice. Now is the moment in which they have to overcome the obstacle, and they begin to realize that they need to find a type of measurement that can be shared and used by everyone.

How can we as teachers support the learning that is taking place? *Actually, and perhaps paradoxically, what we have to do now is push them further into the disorder that they have created. Maybe this will help to shift the problem from one context to another in order to make the contradictions burst into clarity.*

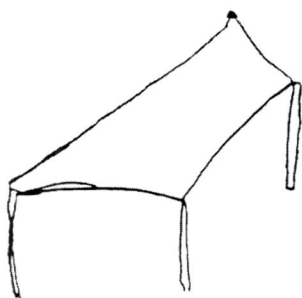

교사는 멀리뛰기를 해서 그 거리를 재어 보자고 제안을 한다. 《《얼마나 뛰었는지 어떻게 젤 수 있을까?》》
어린이들이 대답한다: 《《**표시가 두 개 필요해요.**
하나는 출발점이고 다른 하나는 도착점인데, 발로
재요.》》

The teacher suggests making long jumps and trying to measure them. «How can you measure your jumps?» *The children reply:* «You need two marks, one for the start and one for the finish, and you measure with your feet.»

교사가 제안한 것은 이 조사 연구를 아직은 그 문제가 다소 추상적으로 보이는 책상에서 온 몸이 개입된 상황으로 이전시킨 것이다. 이와 같은 이전은 중요한 절차로서, 다른 차원으로 유추의 전이가 일어나도록 한다.
우리는 어린이들이 이제 단일하고 공유된 측정 단위의 필요성을 명확하게 느끼기를 바란다.

What the teacher is suggesting is to transfer the investigation from the table, where the problem is still somewhat abstract, to a situation in which the whole body is involved. This type of transference is an important procedure, forcing a shift of analogies to another plane.
We hope that the children will now clearly see the need for a single, shared unit of measurement.

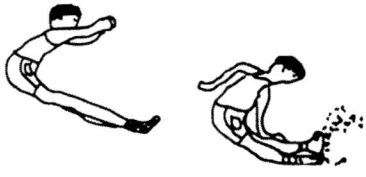

토마쏘가 첫 번째 멀리뛰기를 한다.
한 번 훑어보니, 그 공간은 토마쏘의 발걸음으로
읽혀지고 부호화될 수 있다고 생각되고, 토마쏘는
한 발 앞에 다시 또 한 발을 놓으면서 그 거리를 밟아가며
멀리뛰기 한 거리를 잰다.

토마쏘가 뛴 거리는 네 "발길이"만큼이다.

Tommaso makes the first jump.
In a quick survey, the space can be read and
codified by Tommaso's steps, as he passes over it
one foot in front of the other to measure the
distance of the jump.

*His jump is **four "feet"** long.*

이제 교사가 토마쏘가 뛴 거리를 자기 발걸음으로
재자, 세 **"발길이"**이 된다. 마르꼬와 다니엘라가 그 다음
순서로 뛴다. 매번 뛴 거리가 교사가 재면 짧아진다.
그러나 마침내 모든 어린이가 그 속임수를 알아챈다.

《《선생님 발이 더 커서 자리를 더 많이 차지 하잖아요.》》
《《우리 발은 작아.》》
우리는 이런 경험이 어린이들로 하여금 그 모호함을
더 잘 이해할 수 있게 도와주었기를 바란다.

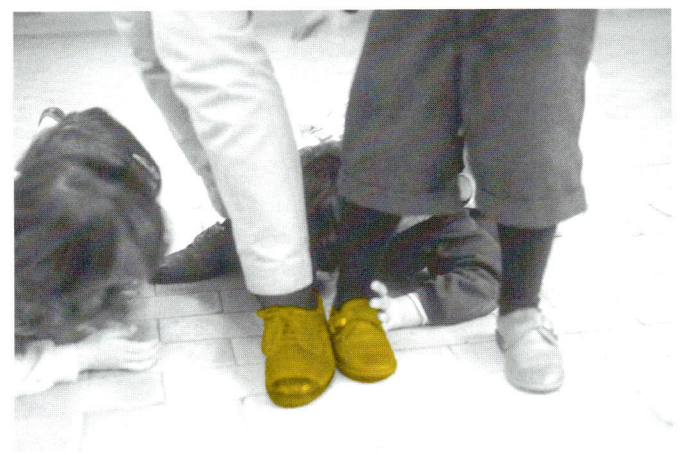

*Now the teacher measures Tommaso's jump with her
foot, and it's **three "feet"**. Marco and Daniela jump
next. Every time the teacher measures the jumps,
they get shorter. But finally everyone discovers the
trick.*

«Your foot is bigger and it takes up more space.»
«We have little feet.»
*We hope that this experience has helped the
children to better understand the ambiguities.*

교사들은 오전에 일어났던 일에 대해 토론을 하기 위해 모임을 갖는다. 가능하면 우리는 모든 것이 아직 생생할 적에 매일 정찰 회의를 한다. 이 사건들에 대해 함께 토론을 하는 과정 중에, 우리 개개인의 해석과 가설들은 서로 비교되어지면서, 결과적으로 새로운 내용과 의미를 띄게 된다.

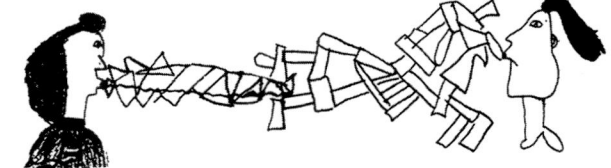

The teachers meet to discuss the morning's events. Whenever we can, we have these daily reconnaisance meetings while everything is still fresh. In discussing events together, our individual interpretations and hypotheses can be compared and consequently take on new substance and meanings.

교사들과 어린이들 간에 특정 프로젝트에 대해 갖는 정기적 회합들은 중요한 재방문의 순간들이 되며, 우리는 지속적으로 이런 절차를 따른다. 무슨 일들이 일어났는 지에 대해 기억하고 그것에 대해 이야기하는 도중에, 어린이들은 자신들의 개인적인 이야기들과 자신들이 경험한 사건들 간의 연결을 지어서 연산법적 이야기를 만들어 낸다. 이런 절차가 자신들의 작업의 의미뿐만 아니라 이미 그들의 경험의 일부이기도 한 소속감과 협동적 가치들을 강화시켜준다. 이런 회합들은 또한 새로운 아이디어들이 나오게 하는 촉매제의 역할을 하기도 한다.

바로 이런 것이 우리 이야기에서도 일어났는데, 피에르 루이지가 이제 그 상황에 대해 보다 명확한 생각을 갖고서 벌떡 일어나서는 말한다: 《《*들어봐! 우리 줄을 가져다가 한 번 전체를 재어서 테이블의 끝까지 가면 거기를 자르면 어때?*》》 그가 한 제안에 따라 모든 어린이들의 생각이 바뀌는데, 그 생각이 너무나도 멋진 것이어서 어린이들은 신속하게 회합을 끝내고도 곧 작업을 하러 돌아간다.

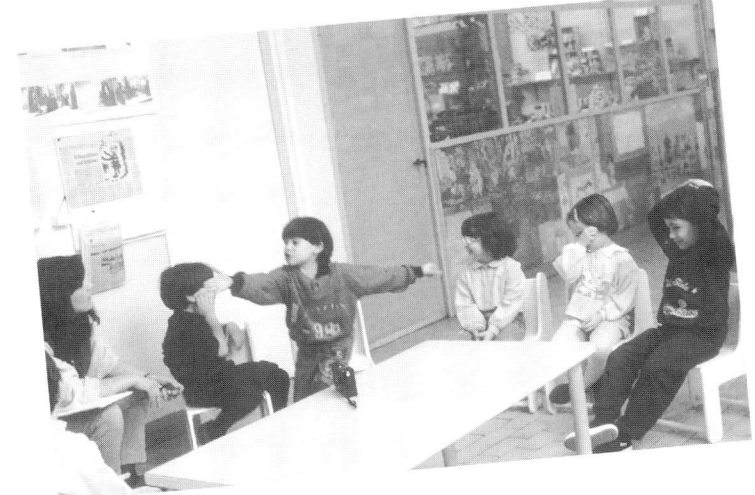

많은 사람들은 어린이들이 학습을 하는 과정이 직선적이라고 하지만, 사실 그들은 흔히, 그리고 예상치 못하게 우리 성인들의 기대를 "배반한다". 이 경우에는, 어린이들이 약간 경로를 벗어난 것으로 이미 문제성이 많은 상황에 새로운 문제들을 더 보탠다. 그러나, 종국에 가서는, 이런 뒤얽힘이 어린이들의 작업을 가속화시키고 부분적 측정보다는 전체 측정을 하는 방법을 쓰도록 함으로 해서 작업을 단순화시킨다.

데이빗 호킨스(David Hawkins)는 어린이들의 과정 중에서 이런 넷트 유형 구조를 강조하는데, 어린이들이 거치는 과정은 단일하고 직선적인 경로라기보다는 많은 가지를 가진 나무에 더 가깝다.

The periodic meetings between the teachers and children working on a particular project are another important moment of revisiting, and we use this procedure continuously. In remembering and telling about what has taken place, the children connect their own personal stories with the events they have experienced, in a sort of algorithmic story. This reinforces the meaning of their work as well as their sense of belonging and the cooperative values that are already part of the experience. These meetings also frequently become a catalyst for new ideas. This is precisely what happens in our story when Pier Luigi, who now has a clearer idea of the situation, stands up and says: «Listen! Why don't we get a string and measure the whole thing at one time and then cut it when we get to the end of the table?» *His suggestion shifts all the children's thinking, and the idea is so exciting that they adjourn the meeting swiftly and go straight back to work.*

It is believed by many that children follow a linear progression in their learning, but actually they often and unexpectedly "betray" our adult expectations. In this instance, their going slightly off track adds new problems to a situation that is already full of problems. But in the end, the complication accelerates the advancement of their work and simplifies it with the use of a global rather than partial measurement.

David Hawkins has underscored this network type structure in the processes of children, who do not follow a single and linear path but something more like a tree with many branches.

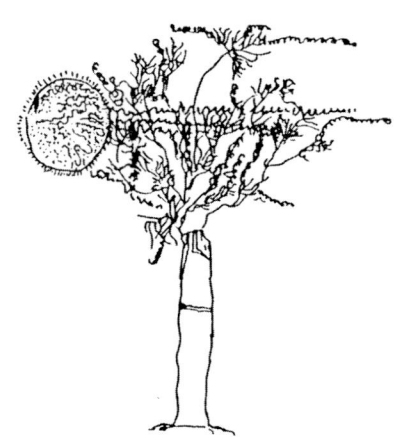

이제 줄이 사용되고 있다. 어린이들은 아직도 줄을 팽팽하게 하는 것이 좀 서툴지만 이 방법의 장점은 확실히 이해하고 있다. 어린이들은 길이와 폭 만큼 줄을 잘라서, 이제 두 개의 줄을 가지고 있다. 앨란이 말한다: 《긴 것은 길이를 잰 것이야.》 다니엘라가 덧붙인다: 《그리고 짧은 것은 짧음을 잰 것이고.》 좀 더 시간이 지나야, 다니엘라가 고안해 낸 "짧음"이란 말이 보다 정확하며 일상적인 "폭"이라는 용어로 대치될 것이다.

이 시점에서, 어린이들은 아마도 테이블의 모든 부분을 끈으로 재고서, 그 끈 조각들을 목수에게 줄 수도 있다. 만약 그러지 않는다면, 우리는 어린이들이 이 체제에 대해 완전히 만족하지 않는다고 요약할 수 있다. 아마도 어린이들은 목수에게 숫자를 사용해서 측정치를 주어야 한다고 느낄지도 모른다. 그렇지만 어떻게?

어린이들이 측정 도구(학교 여기 저기 선반 위에 놓여있는 다양한 유형의 도구)에 대해서 알고 있다고 해도, 직접 그것을 끌어낸다는 것과는 거리가 멀다. 우리는 왜 그런지에 대해 한번 자문해 볼 필요가 있을 것이다. 모든 어린이들은 아마도 이런 측정 도구들의 기능을 알고 있을 것이지만, 그것들을 사용해 본 직접적인 경험은 없었을지도 모른다. 여기와 같은 실제적인 상황에서는, 신체의 부위나 다른 물체들이 표준 측정도구보다 더 구체적이고 다루기 쉬운 것처럼 보일지도 모른다.

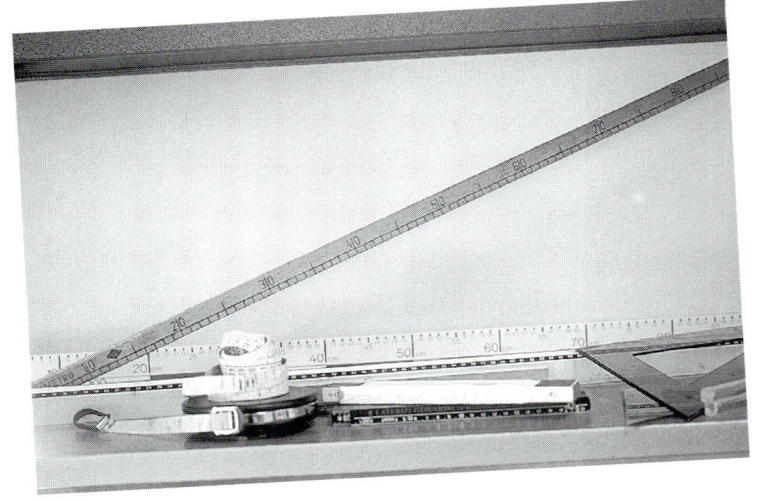

The string is now in operation. The children are still somewhat awkward in keeping it taut, but they have certainly understood the advantage of the method. They cut pieces for the length and width of the table, so now they have two strings. Alan says: «The long one is the one for the length.» *Daniela adds:* «And the short one is for the shortness.» *It will take some time before the term "shortness" invented by Daniela is replaced with the more correct and conventional term "width".*
At this point, the children could possibly continue to measure all the parts of the table using the string and give all the pieces of string to the carpenter. If they do not, we could surmise that they are not perfectly happy with this system. They probably feel that they need to give him numerical measurements, to use numbers. But how?

Though the children know about measuring instruments (various types are located on shelves around the school), a direct evocation still seems to be far off. We could ask ourselves why this is so. All the children probably know the function of these instruments, but perhaps they have not had direct experience in using them. In a real situation like this, the parts of the body and other objects may seem more concrete and manageable than any standard measuring instrument.

여기서, 다니엘라는 이번에는 끈 위에서 손가락으로 세기를 하자고 다시 한번 제안한다. 다니엘라가 소리내어 《하나, 둘, 셋, 넷...》이라 말하고 토마쏘는 손가락으로 그 수들을 세고 있다. 그리고 나서 그들은 멈추고는 협의를 한다. 다니엘라가 말한다: 《숫자를 쓸 종이가 있어야 해!》 우리 생각에 이 어린이들은 자기네들이 단지 숫자만, 말만, 소리와 끈 위에 표식만을 나열하고 있다는 것을 깨달은 것 같다.

토마쏘와 다니엘라는 잠시 어디론가 갔다가 다시 긴 종이 끈을 가지고 돌아와서...

Here Daniela suggests once again counting with fingers, this time on the string. She pronounces «1, 2, 3, 4 ...» out loud while Tommaso counts out the numbers on his fingers. Then they stop and confer. Daniela says: «You have to have paper to write the numbers!» *We think they have sensed that they were putting together only numbers, only words, only sounds and marks on the string.*

Tommaso and Daniela go away for a moment, and then come back with strips of paper...

...그리고 그들은 끈을 따라서 함께 놓는다. 자 이제는?

다니엘라가 1 2 3 4...를 쓰기 시작한다.
어린이들이 작업을 시작한 이래, 자신들이 측정한 것에 가치를 부여하려고 숫자들을 써 넣기는 이번이 처음이다.

... that they put alongside the string. And now?

Daniela begins to write 1 2 3 4 ...
It is the first time since the children's work began that they have written the numbers down to give a value to the measurement.

다니엘라가 쓰기를 멈추고는 말한다: 《《숫자들은 영원히 계속될 수 있어! 우리가 다 쓸 수는 없어!》》
여기서 다니엘라는 수의 철학에 해당되는 단언을 하면서 현재의 상황을 초월한다.

토마쏘가 부언한다: 《《여기서 뭐가 잘못되었는지 알아? 숫자들 사이에는 작은 금들이 그어져 있어야 해.》》 아마도 토마쏘는 표준 측정 도구들에 나타난 번호들 사이에 떨어져 있는 간격들을 생각하고 있는 것 같다.

Daniela stops writing and says: «Numbers go on forever! We can't write them all!»
Here she transcends the situation at hand with an affirmation that belongs to the philosophy of number.

Tommaso comments: «You know why it's not right? The numbers have to have little lines between them.»
Perhaps he is thinking of the intervals that separate the numbers from each other on standard measuring instruments.

다니엘라: 《《그러면 재는 막대기를 만들자!》》
이 과정은 다니엘라와 토마쏘 간의 탁구 경기와도
같아진다: 둘 중 하나가 한 말을 다른 상대방이
받아들여서는 발전을 시키는 것이다.

다니엘라는 숫자들을 다시 쓰면서 그 사이를 줄을 그어 구
분을 짓는다.
이처럼 일정한 리듬에 따라 작은 단위로 나누는 행위는 중
요한 거쳐야 할 경로이며 어린이들이 해 낸 중요한 발견이
다. 왜냐하면, 이것은 한 숫자와 다른 숫자 사이에 가치상의
동일 간격이 존재한다는 것을 나타내는 것이기 때문이다.

Daniela: «So let's make a measuring stick!»
It becomes a sort of ping-pong match between
Daniela and Tommaso: what one of them says is
picked up and developed by the other.

Daniela writes the numbers again, separating them
with lines.
This cadenced subdivision is an important passage
and a great discovery that the children make,
because it shows that there is an equidistance of
value between one number and another.

토마쏘와 다니엘라의 한 쌍이 하는 것을 지켜보던 다른 어린이들도 기꺼이 재는 막대기를 만들자는 아이디어를 받아들인다. 그들은 각자 종이를 한 줄씩 가져다가 자신들만의 미터(meter) 막대기를 구성한다.

이렇게 탄생된 "미터자"들은 주관적이고 임의적 길이를 가지고 있지만, 모두 숫자가 점차 커지도록 표식이 되어 있으며, 몇 개는 꽤나 정확했다.

어린이들은 그리고 나서 테이블을 재러 돌아가서는, 자신들만의 '미터자'를 사용하는데, 이 집단은 토마쏘와 다니엘라에게 종이 위에 자신들이 잰 측정치를 적는 과제를 맡긴다.
이 어린이들은 다양한 경험을 통해서 도식적인 주석을 다는 것에 익숙해 있다. 이 경우에는, 이 기록들 때문에 수치적인 차이점을 통합하게 된다.

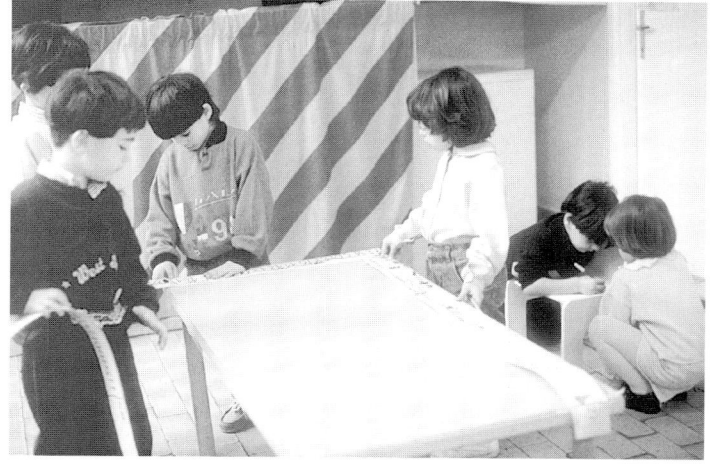

*The idea of making a measuring stick is
well-received by the other children who have
watched Tommaso and Daniela's duet. Each of them
takes a strip of paper and constructs his own.*

*So "meters" of subjective and arbitrary lengths are
created, but all of them are marked with numbers in
progression, and several quite precisely.*

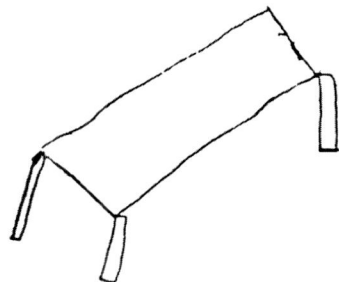

*The children then go back to measure the table,
each using his or her own "meter", and the group
assigns Tommaso and Daniela the task of writing
down the measurements on paper. These children
are used to making graphic annotations in various
types of experiences. In this case, it provides a
synthesis of the numerical differences.*

여기서, 사실 문제점이 발생한다. 테이블을 잰 결과가 78, 41, 20, 23, 44....
이 어린이들은 두 부분을 모두(길이와 폭) 재려고 하지만, 가장 긴 미터 막대기를 만든 어린이들만 긴 부분을 잴 엄두를 낸다. 그 어린이들은 **"미터자"를 만들어 낸 것이 아니라 "미터자의 한 종류"**를 만들어 낸 것이라는 것이 분명하기 때문에, 어린이들이 단일 차원에 이를 것이라고 했던 우리의 기대는 아직 입증되지 않았다. 이제는 모든 어린이들이 사용하는 "미터자"라는 단어 자체가 아직까지는 하나의 주관적인 측정에 머물고 있다.

전체 안에서의 소요가 곧 왁자지껄한 웃음으로 이어진다.
이제 우리는 어떻게 하지?

Here, in fact, the scandal explodes. The table measures 78, 41, 20, 23, 44...
The children measure both parts (length and width), but only those with the longest measuring sticks venture to measure the longest part.
It is clear that **they have not made "the" meter but "a" meter,** *so our prediction that they would arrive at a unitary dimension has still not been verified. The word "meter" itself, which they are all using by now, is still a subjective measurement.*

The general commotion is followed by uproarious laughter. **What do we do now?**

교사는 어린이들에게 자신들이 만든 미터 막대기들을
마루에 나란히 늘어놓아 보라고 제안하고...

....서로의 차이점이 명확하게 드러나도록 해서
그 문제의 해결이 촉진되기를 바란다.

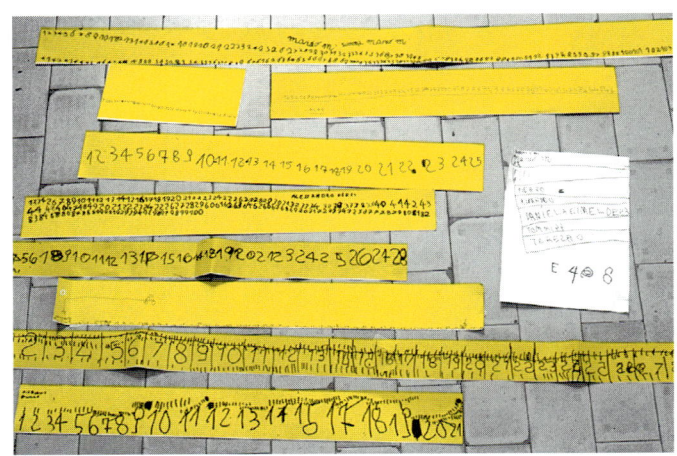

*The teacher suggests that they line up all their
measuring sticks on the floor...*

*... to make the discrepancy clearer, hoping to
catalyze a resolution of the problem.*

《《우리는 **맞는 미터자**를 골라야 해. 맞는 숫자들이 들어 있는 것으로 말이야!》》 그러나 어느 것이 그것일까? 이 어린이들은 단지 한 개만을 선택해야만 한다는 것을 의미하는 것인가? 아니면 그들 말에 맞는 자라는 것이 정확하게 숫자가 배치되어 있는 것을 말하는 것인가? 아마도 그 어린이들은 아직도 미터(meter)라는 것을 모든 사람들이 사용할 수 있는 통상적인 측정의 단위로서 생각하지 않는 듯 하다. 어떻게 어린이들이 실제로 그들 개개인만의 미터 막대기를 만들어 냈는지를 살펴보면 흥미로울 것이다.

사실. 리카르도와 마르꼬가 서로 소리를 지르기 시작하는 것을 보니 해결점이 다가온 것으로 보인다.

In fact, we see that the resolution is near when Riccardo and Marco begin to shout:

«We have to pick the **right meter.** The one with the right numbers!» *But which one? Do they mean that they have to choose one and only one? Or do they think that the right meter is the one that aligns the numbers in an exact progression? Perhaps they still do not think of the meter as a conventional unit of measure that can be used by all.*
It could be interesting to see how the children actually constructed their individual meter sticks.

리카르도는 "e"(이태리어로 "~과")를 한 숫자와 다음 숫자 사이에 연결로서 사용한다: 1 e 2 e 3 e 4 e 5...... 그래서 아주 대단한 횡적으로 일관성있는 형태를 이룬다. 다니엘라는 이보다 더 발전된 방안을 내 놓았으며 "제대로 된 미터자"에 아주 근사한 것이다. 그녀는 숫자들 사이에 동일한 개수의 선들을 넣어서, 한 숫자와 다음 숫자 사이에 거리와 가치의 동등성을 강화시킨 것이다.

Riccardo uses an "e" ("and" in Italian) as a conjunction between one number and the next: 1 e 2 e 3 e 4 e 5... thus obtaining a unitary horizontal configuration that is quite extraordinary. Daniela produces an even more advanced solution, getting closer to the "good meter". She puts an equal number of lines between the numbers, which reinforces the equivalence of distance and value between one number and the next.

123456 7 8 9 10 11 12 13 14 15 16 17 18 19 20 21 22

41 42 43 44 45 46 47 48 49 50 51 52 53 54 55 56 57 58 s

1234 26 7 8 9 10 11 12 13 14 15 16 17 18 19 20 21 22 23 24 25
44 42 46 47 48 49 50 51 52 53 54 55 56 57 58 59 60 61 62
63 64 65 66 67 68 69 70 71 72 73 74 75 76 77 78 79 80 81 82
83 84 85 86 87 88 89 90 91 92 93 94 95 96 97 98 99 100

그 집단의 다른 어린이들은 숫자가 가진 위력에 빠져버리고 만다. 마르꼬는 자신이 알고 있는 모든 숫자를 114 가지 적는다. 알레산드로는 숫자들을 완벽한 순서로 적으면서 100에서 멈춘다.

Others in the group are seduced by numerical power. Marco writes all the numbers he knows up to 114. Alessandro writes the numbers in perfect sequence and stops at 100.

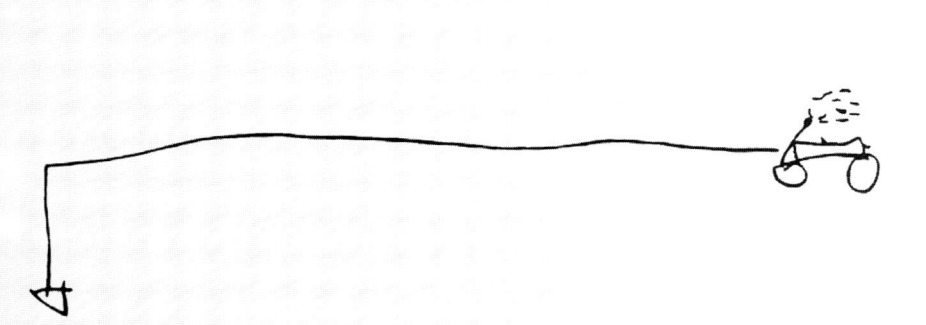

RANCES^{co}

PIERLUIGI
PICILLO

1 2 34 5678910 11

프란체스코의 경우, 숫자로 된 선 위에 4개의 짧은 선들을 숫자들 사이에 그려 넣으면서 마치 상승하는 방향을 보여주듯이 자전거를 한 대 그려 넣는다. 피에르 루이지는 숫자들 위에 각 숫자들의 수치를 나타내주는 표식들을 그려넣는다.

표준 측정에 대하여 정확하게 지각하기에 아직은 부족한 듯하다. 그럼에도 불구하고, 각 어린이들이 산출해 낸 것들은 그들의 이해와 능력들의 개인적 흔적들을 보여주는 데, 이들을 보면 수와 측정 세계의 규칙들과 의미들로 옮아갈 조짐이 보인다.

그러나 어린이들이 가는 길이란, 적어도 우리에게는, 종종 예측이 불가능하다. 어린이들의 행동이나 사고는, 직선적이나 일정한 경로를 따르지 않는다.

어린이들은 자신들의 쉐마, 추상 그리고 책략들을 구성하고, 잃고, 돌아가거나 혹은 임시적으로 포기하기도 한다.

우리 성인들은 예상치 못한 깜짝스러움을 직면할 준비가 되어 있어야 한다. 여기서 어린이들은 숫자를 가지고 큰 "축제"를 벌인 것이며, 다음 단계가 어떤 것이 될 지를 한번 예측해 보라면, 우리는 표준적 미터자가 곧 출현할 때가 되었다고 하겠다.

On his line of numbers, all separated by four short lines, Francesco draws a bicycle as if to show the ascending direction. Pier Luigi writes the figures with marks over them to show their respective numerical values.

The exact perception of the standard measure is still distant. Nonetheless, each product shows personal traces of abilities and understandings that indicate a promising transition into the rules and meanings of the world of numbers and measurement.

But children's routes are often unpredictable, at least to us. They do not always follow a linear and consistent path, in either action or thought.

They construct, lose, detour, or temporarily abandon their schemas, abstractions, and strategies.

We adults have to be prepared for surprises. Here the children have made a big "feast" of numbers, so if we had to wager on the next step, we would say that the appearance of the standard meter is imminent.

이런 이유 때문에, 어린이들이 다시 물체를 사용해서 테이블을 재는 것으로 되돌아 갔을 때 우리는 매우 이상하게 생각했다. 동시에, 토마쏘가 한 제안은 확실히 대단한 것이었고 가능성으로 충만한 것이었다: 〈〈*아 어떻게 하면 좋은지 난 알겠다! 우리 테이블을 내 신발로 재어보자!*〉〉 아마도 이 현상은 장난하고 싶고 퇴행하고 싶은 마음이 일어나서 일 수도 있거나, 아니면 어린이들이 지나치게 추상적인 사고 과정의 방해를 받지 않으면서 구체물과 구체적 상황에서 작업함으로 해서 자신들이 이 일을 감당할 수 있다는 느낌으로 돌아가고자 하는 욕구와 필요성 때문일 수도 있다.

어린이들은 테이블 윗면에 길다란 종이 띠를 뉘어 놓고서 신발로 재어나간다. 어린이들은 전에 자신들이 종이를 어떻게 사용했었는지를 기억해서일까? 어린이들은 무엇인가를 적어 넣을 수 있는 것의 필요성을 이미 예견하고 있는 것인가? 토마쏘가 이 작업을 이끈다.

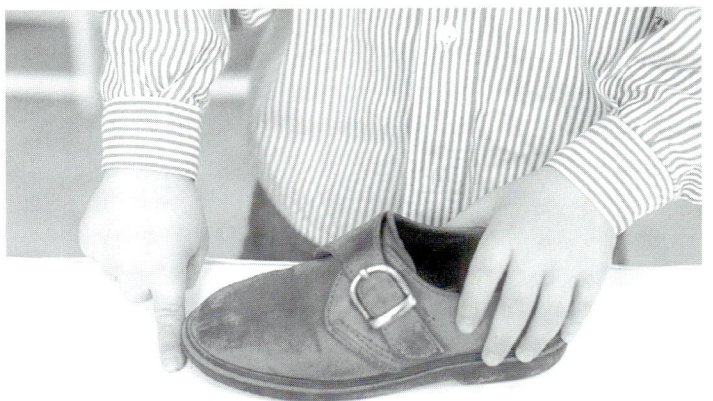

테이블의 길이는 재어보니 **6과 반 신발길이**가 나왔다. 이에 대해 의구심을 갖고 있는 사람은 없나?

This is why it seems strange to us when they return to measuring the table using an object. At the same time, the proposal made by Tommaso is certainly spectacular and bursting with possibilities: «I know what we can do! Let's measure the table with my shoe!» *Perhaps it's the sense of amusement and transgression that takes over, or the children's desire or need to work with concrete objects and situations, to return to a sense of being in charge without the interference of overly abstract thought processes.*

The children lay a long strip of paper on the table-top and then go over it with the shoe. Are they remembering how they used paper before? Are they already foreseeing the need for something to write on?
Tommaso guides the operation.

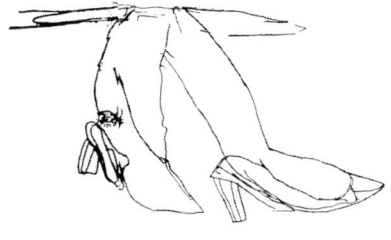 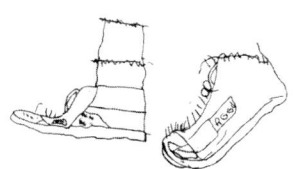 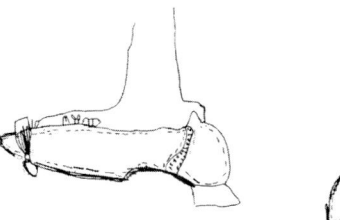 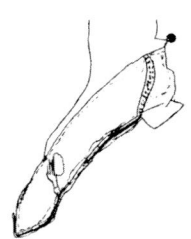

The length of the table turns out to be **six and a half** *shoes. Does anyone have any doubts?*

토마쏘는 자기 친구들이 놀라서 거의 결과를 믿을 수 없어 한다는 것을 알아차린다. 그래서, 곧 신발을 돌려서는 다시 재어보자 같은 결과가 나온다: **6과 반 신발길이.**
마르꼬는 자신의 손들과 테이블 윗면에서 여러 번 반복되어 질 수 있는 신발의 길이가 서로 같은지를 알아보면서 새로 발견해 낸 측정의 단위를 강화시킨다.
마르꼬가 말한다: 〈〈*항상 같아 – 신발은 항상 같아! 우리 가 이제 목수에게 말해줘야 해! 이렇게 잰 것을 적어야 한다구!*〉〉

여기 신발의 윤곽을 마커로 그린 것이 있다.
이제 모든 것이 분명해 진다. 이 순간에는, 도식적 요소가 앞서가면서 어린이들의 사고와 그 측정의 의사소통 가능성 을 강화시킨다.

어린이들은 신발의 측정, 즉, 신발을 따라 그린 윤곽선과 손 들 사이에 남겨진 공간들을 계속 비교해 본다.
마르꼬가 말한다: 〈〈*이제 가장 쉽게 할 수 있는 것은 신발 을 목수에게 주면 돼!*〉〉 토마쏘: 〈〈 *그러면 나는 어떻게 해? 그러면 나는 신발이 없잖아!*〉〉 같은 체계를 사용하면 서, 토마쏘는 폭을 재고, 그 길이는 **3 신발길이**가 된다. 이 제 테이블 윗면의 직사각형을 모두 다 재었다: 그 치수는 **6 과 반 신발길이(shoe)와 3 신발길이(shoe)**이다.
토마쏘가 이끄는 역할을 하면서, 더 놀랄만한 일이 벌어질 듯 하다. 흥분이 고조되고, 마침내 그 목표지점에 도달한 것 에 대해 어린이들이 느끼는 환희도 두드러진다.

Tommaso realizes that his friends are surprised, almost incredulous at the results, so he turns the shoe around and measures again, with the same result: **six and a half shoes.**
Marco reinforces the newly found unit of measurement by looking for a correspondence between his hands and the length of the shoe that can be multiplied on the table-top. He comments: «It's always the same - the shoe is always the same! We have to tell the carpenter! We have to write down this measurement!»

Here are the shoe outlines made with a felt-tip pen. Now everything is clearer. In this moment, the graphic element advances and reinforces the children's thinking and the communicability of the measurement.

They continue to make comparisons between the measurement of the shoe, the traced outline, and the space left between the hands.
Marco says: «The easiest thing to do now is give the shoe to the carpenter!» Tommaso: «But what about me? Then I won't have my shoe anymore!» Using the same system, Tommaso measures the width, which turns out to be **3 shoes**. Now the rectangle of the table-top has all been measured: it is **six and a half shoes by three shoes.**
Tommaso's leading role seems to promise further surprises. The excitement is growing, and the children's joy at having finally reached a destination is evident.

이 지점에 이르러, 교사는 어린이들에게 최근의 사건에 대하여 모두 함께 작업을 해서 도식적으로 표상을 해 보라고 제안을 한다: 테이블의 윗면을 나타내는 두 개의 직사각형(어린이들이 두 개를 원했으므로)으로 그 길이와 폭을 보여준다. 이렇게 한 것의 목적은 어린이들이, 처음으로 신발 덕분에 완전한 측정치를 얻게 된 그들의 작업에 대해 어린이들이 명확한 이해를 갖도록 한 것이다. 이것은 매우 중요한 도착점이다. 왜냐하면, 그 측정한 것이 반복이 되고 다른 사람에게 전달이 될 수도 있다는 점에서 특히 그러하다.

교사의 제안은 그 상황을 명확하게 해준다. 이런 방식의 대여는 항상, 어린이들의 지식이 발전되는 결과를 가져온다는 보장에 기초하여 이루어져야한다: 그렇지 않다면, 이것은 단지 어린이들의 탐구와 그들이 자신들에게 적절하게 사용하는 절차에 부합되지 않는 성인의 지식을 전달하는 것에 지나지 않게 되기 때문이다.

이 어린이들이 아직도 자신들이 얻어낸 결과에 대해 들떠있을 때, 토마쏘가 이 과업에 또 다른 자극을 제공한다:

<<우리 이제 진짜 미터자를 찾아보지 않을래?>> 아 드디어 미터자라! 잠시 망설이는 순간이 있었고, 몇 명의 어린이들은 그냥 신발로 가자고 하지만, 곧 그들은 토마쏘의 제안을 받아들인다. 어린이들은 항상 또 다른 새로운 모험에 착수한다는 생각에 쉽게 끌려들어온다.

At this point, the teachers suggest that they work together to make a graphic representation of the latest event: two rectangles representing the table-top (two because the children want two) showing the length and width. The purpose of this is to give the children a clear picture of their work which, for the first time and thanks to the shoe, has provided a complete measurement. It is an important point of arrival, especially because the measurement can be repeated and communicated.
The teachers' suggestion lends clarity to the situation. This type of loan should always be made based on a guarantee of results in terms of the advancement of the children's knowledge; otherwise it becomes more of a transmission of adult knowledge that is not in tune with the children's research and the procedures they are working out for themselves.
The children are still celebrating the result when Tommaso gives another push to the endeavor:
«Why don't we look for a real meter stick now?» The meter at last! There is a moment of hesitation and some of the children suggest going ahead with the shoe, but they soon accept Tommaso's proposal. Children are always easily seduced by the idea of setting off on yet another adventure.

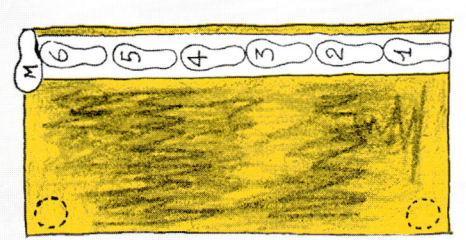
LA LUNGHEZZA E' 6 SCARPE E MEZZO

LA CORTEZZA E' 3 SCARPE

《가서 찾아보자!》 토마쏘가 가장 빠르다. 그는 측정도구들이 놓여있는 선반을 기억해 내고는 순식간에 접는 미터 막대자를 가지고 돌아온다. 우리는 어린이들이 어느 정도는 막대자와, 적어도 이름 만으로라도, 익숙하리라고 가정하지만, 그래도 어린이들이 그것을 어떻게 사용하는지에 대해 무엇을 알고 있는지를 지켜볼 것이다. 어쨌던, 이것은 대단히 시끌벅적한 결정이다. 우리는 이 결정이 어떻게 해서 생겨났는지는 결코 모를 것이다. 이것이 모든 어린이들이 엎치락뒤치락 하면서 생겨난 씨가 자라서 나온 아이디어인가? 임의적인 측정 도구들, 숫자들 그리고 길이가 다 다른 종이 미터자들 사이에서 일어난 갈등의 갑작스러운 재조합에서 나온 것인가? 신발을 가지고 재는 것의 한계 – 비록 아주 재미있기는 하지만–에서 나온 것인가? 그림에서 제공된 자극에서 나온 것인가? 그간 누적된 조작적인 결과들의 논리적이면서 귀납적인 종합에서부터 나온 것인가? 그리고 토마쏘가 발견한 것이 개념적인 의미에서 얼마나 확실한 것인가?

이런 것들은 단지 해 볼 수 있는 질문들이고 단지 그럴싸한 답을 얻을 수 있는 것이다.

사실 어린이들의 행위들과 탐사들은 새로운 절차적 방법들과 무엇을 재는 일에서 크기, 측정의 개념과 수의 역할을 자기 나름대로 구성하고 이해하도록 만든 것으로 보인다. 그리고 또한, 아마도, 어린이들이 다른 곳에서 쓰이는 것을 본 적이 있음직한 미터자와도 같은 통상적인 측정의 단위를 사용하는 것의 필요성에 대해 직관적으로나마 이해하였을 것이다.

《Let's go find it!》 Tommaso is the quickest. He remembers the shelves where the measuring instruments are placed, and he's back in a flash with a folding meter stick. We assume that the children are somewhat familiar with measuring sticks, at least by name, but we will wait to see what they know about how to use them. In any case, it's a clamorous decision. We will never know exactly how it came about.

Did it grow from a seed nourished by all the children's hustle and bustle? From a sudden recomposition of the conflict between arbitrary measuring instruments, numbers, and the unequal paper meters? From the limits - despite all the fun - of the measuring game with the shoe? From a stimulus provided by the drawing? From a logical and deductive synthesis of the operational results accumulated along the way? And how solid is Tommaso's discovery in conceptual terms?

These are only possible questions, with only probable answers. The fact is that the children's actions and investigations seem to have opened the way to new procedural methods and an appropriation of the notion of size, measurement, and the role of number in measuring. And also, perhaps, there is an intuition of the need to make use of a conventional unit of measurement like the meter stick, an object that the children have presumably seen used elsewhere.

토마쏘가 아직도 주역이기는 하지만, 어린이들은 계속 집단으로 함께 작업을 한다.
토마쏘가 신발과 그 신발 윤곽선을 재면서 말한다: 〈〈*20!*〉〉, 이 수는 그 신발의 사이즈와 일치한다.

토마쏘는 또한 운 좋게도, 미터 막대자를 접었을 때 우연히 20 센티미터 부분에 닿고, 그리고 20이 신발과 그 신발의 윤곽선을 그린 것의 정확한 측정치인 것이다. 그는 신발 윤곽선 그린 것을 하나씩 옮겨가면, 그때마다 미터 막대자는 항상 20을 가리켰다. 그의 친구들은 웃는다: 〈〈*이건 항상 20이야!*〉〉 피에르 루이지는 덧붙여 말한다: 〈〈*20 + 20 + 20.*〉〉 다니엘라는 모든 것을 더해야만 한다고 말한다. 토마쏘가 요약해서 말한다:
〈〈*20 + 20 + 20 + 20 + 20 + 20 이 있고, 그리고 는 20이 안되는 작은 조각이 있어.*〉〉 그 공간은 약수들의 합으로 해석되어 진다. 이 어린이들은 테이블의 길이가 본 질적으로 부분적인 측정치들의 합이며, 모두 합쳐지면 전체 측정치가 된다는 것을 막 이해하게 된 것 같다.

피에르 루이지가 제안한다: 〈〈*우리 계산기를 가져오자.*〉〉
그는 계산기의 단추를 마르꼬가 부르는 대로 누른다:
〈〈*20 + 20 + 20 + 20 + 20 + 20 ....*(우리는 어린 이들이 어떻게 "더하기" 기호에 대해 알게 되었는지 모르지 만, 어린이들은 아무 어려움없이 그 기호를 사용하는 것 처 럼 보인다.)

Though Tommaso is still the protagonist, the children continue to work collectively. Tommaso measures the shoe and the outline, and announces: «20!», which is the number that coincides with their size.

He also gets lucky, as he arrives by chance at the segment of 20 centimeters when he folds the meter stick, and 20 is the exact measurement of the shoe and its outline. He moves along the outlines one by one, and the meter stick always shows 20. His companions laugh: «It's always 20!» Pier Luigi adds: «20 + 20 + 20.» Daniela says that they have to put everything together. Tommaso summarizes: «There's **20 + 20 + 20 + 20 + 20 + 20, and then there's a little piece that's less than 20.**»
The space is interpreted as a sum of submultiples. It seems that the children are about to understand that the length of the table is substantially the sum of partial measurements which, when added togther, give a total measurement.

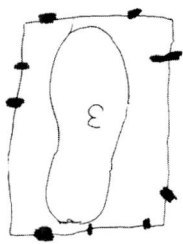

Pier Luigi suggests: «Let's get the calculator.» He presses the keys while Marco dictates: «20 + 20 + 20 + 20 + 20 + 20... (We don't know how they knew about the "plus" sign, but they seem to use it with no problem.)

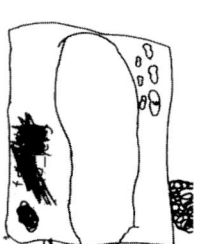

...그러면 120이 되지.〉〉 앨란이 덧붙인다: 〈〈*그렇지만 우린 토마쏘가 보았던 작은 조각을 빼 놓았잖아.*〉〉

... that makes 120.» *Alan adds:* «But we left out the little piece that Tommaso saw.»

토마쏘: 〈〈*그래, 저 작은 조각도 있어.*〉〉 그리고 그는 125 라고 종이위에 쓴다.
〈〈*좋아.*〉〉 라고 그의 친구들이 말한다.
리카르도: 〈〈*자 이제 우리는 해냈어. 목수에게 125 라고 하면 되.*〉〉

Tommaso: «Yeah, there's the little piece too,» *and he writes **125** on the paper.*
«Okay», *say his companions.*
Riccardo: «Now we got it. We can say 125 to the carpenter.»

그리고 나서 그들은 "짧음"을 계산한다. 그것은 3 신발길이이니까 20을 세 번하면 **60**이 된다.

어떻게 해서 일어난 일인지는 몰라도, 이 도약의 질은 부인할 수 없다. 테이블의 길이를 알아내려고 하는 과정에서, 어린이들은 토마쏘의 신발 6개 반 거리라는 것에서 미터식으로 읽어내서 120으로, 그리고는 125로 이동해 갔다. 이것은 구체적이고 수동적인 조작에서부터 측정 막대기와 그 숫자들로 이루어진 전적으로 통상적인 상징 표식으로 옮겨간 것이다. 이제 테이블 윗면은 시각적이며 공개적으로 이 어린이들이 따라온 과정을 보여주고 있다.

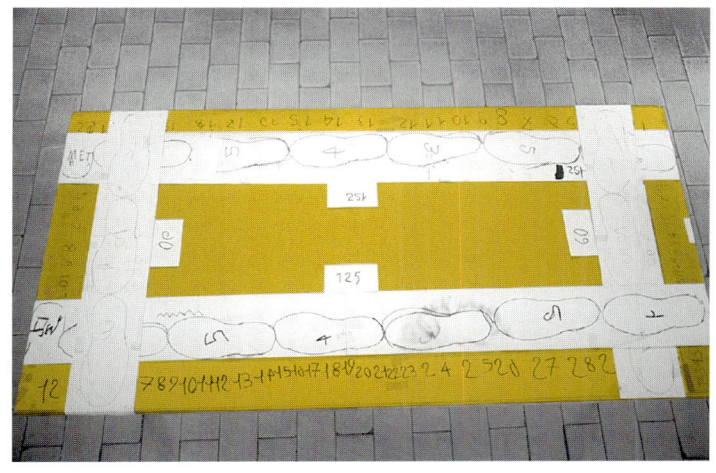

*Then they calculate the "shortness". It's three shoes, and three times 20 makes **60**.*
However it may have happened, the quality of the leap is undeniable. In searching for the length of the table, the children have passed from the six and a half shoes of Tommaso to the 120 and then to the 125 taken from the metric reading. It is a passage from a concrete, manual operation to one that is entirely entrusted to the conventional symbolic marks of the measuring stick and its numbers. Now the table-top visually and publically demonstrates the process followed by the children.

이제 측정 도구로서 채택이 된 미터 막대자는, 그 숫자들이 가치의 스케일과 일치하고 두 지점간의 거리를 측정할 수 있으며 다른 사람 누구에게나 완벽하게 이해할 수 있도록 구술적인 메시지를 제공해 줄 수도 있지만, 아직도 어린이들이 보기에는 그저 숫자들의 표식에 지나지 않는 것으로 보일 지도 모른다.

이 시점에서 아주 대단하며 예상치 못한 사건이 일어난다. 토마쏘의 신발을 만지다가, 마르꼬는 신발 밑창에 찍혀진 **29** 라는 숫자(토마쏘의 신발 치수)를 발견한다. 《《*잠깐만!*》》 마르꼬가 소리친다. 《《*여기 20이 아니라 29가 있어!*》》 잠시 방황의 순간이 있다.

토마쏘가 자기 신발을 받아든다. 틀림이 없다:

《《*그러면, 어느 것이 맞는 거지? 내 신발 밑창에 쓰여진 29야 아니면 미터 막대자에서 본 20 이야?*》》

다니엘라가 즉각적으로 외친다: 《《*미터자는 실수가 없어.*》》

*Now adopted as a measuring tool, the meter stick may still be seen by the children as little more than an indicator of numbers, though these numbers coincide with a scale of values and can measure the distance between two points and supply a perfectly comprehensible verbal message to someone else. At this point, an extraordinary and unexpected event takes place. Handling Tommaso's shoe, Marco discovers the number **29** stamped on the bottom (Tommaso's shoe size).* «Wait a minute!» *he shouts.* «Here there's 29 and not 20!» *There is a moment of disorientation.*

Tommaso takes his shoe back. There's no doubt: «So which one is right, the 29 on the bottom of my shoe or the 20 of the meter stick?»

Daniela speaks up immediately: «The meter doesn't make mistakes.»

그 사이, 일종의 한바탕 파티가 일어난다.
모든 어린이들이 자기 신발들을 벗어서는 신발 치수를
나타내는 숫자를 읽는다.

그들은 자기들이 서로 다른 신발들과 숫자를 갖고 있다는
것을 알게된다.

*They realize that they have different shoes
and numbers.*

*Meanwhile, there's a sort of party going on.
All the children take off their shoes and read the
size numbers.*

이렇게 잠시 쉰 후, 우리는 어린이들에게 목수와 약속한 것을 상기시켰고, 그림을 그려서 자신들이 테이블 윗면을 잰 것을 보여주라는 제안을 했다.

수적-수학적 언어를 도식적 언어로 전환시키는 것은 쉬운 일은 아니지만, 어린이들은 아주 조심스럽게 해석되어야만 하는 표상들을 활용한다. 이것들은 마치 역사와 지리, 자신들이 그간 쌓아온 경험들의 주관성과 객관성이 공존하는 지도와도 같은 것이다.

After this pause, we remind the children of their promise to the carpenter and suggest that they show the measurement of the table-top in a drawing. Transferring the numeric-mathematical language to the graphic language is not an easy task, and the children make use of representations that should be interpreted cautiously. They are like maps on which there is a coexistence of history and geography, the subjectivity and objectivity of the experiences they have accumulated.

토마쏘의 그림을 살펴보자.

윗 부분을 보면, 토마쏘가 익살스럽게 테이블을 20이라는 수치(샘플 신발의 미터식 측정치)와, 우리가 본 바와 같이, 신발의 밑바닥에 찍혀있는 29라는 수치 간의 논쟁을 기억하며 그려넣은 것이 있다. 그리고 나서 그의 표상은 좀더 진지해져서, 신발의 상징적 윤곽선이 테이블의 길이와 폭 안에 신발이 몇 번 들어가는지를 표시하는 숫자들을 그 안에 담고 있다. 그리고, 토마쏘는 긴 쪽에는 125를, 그리고 "짧은" 쪽에는 60을 잊지 않고 더 적어 넣는다.

Let's take a look at Tommaso's drawing.
In the upper part, Tommaso humorously draws the table with the memory of the dispute between the 20 (the metric measurement of the sample shoe) and the 29 which, as we have seen, is the number stamped on the bottom of that same shoe. Then his representation becomes more serious, including a symbolic outline of the shoe containing the numbers that mark the number of times the shoe fits in the length and width of the table. And he doesn't forget to add 125 on the long side and 60 on the "short" side.

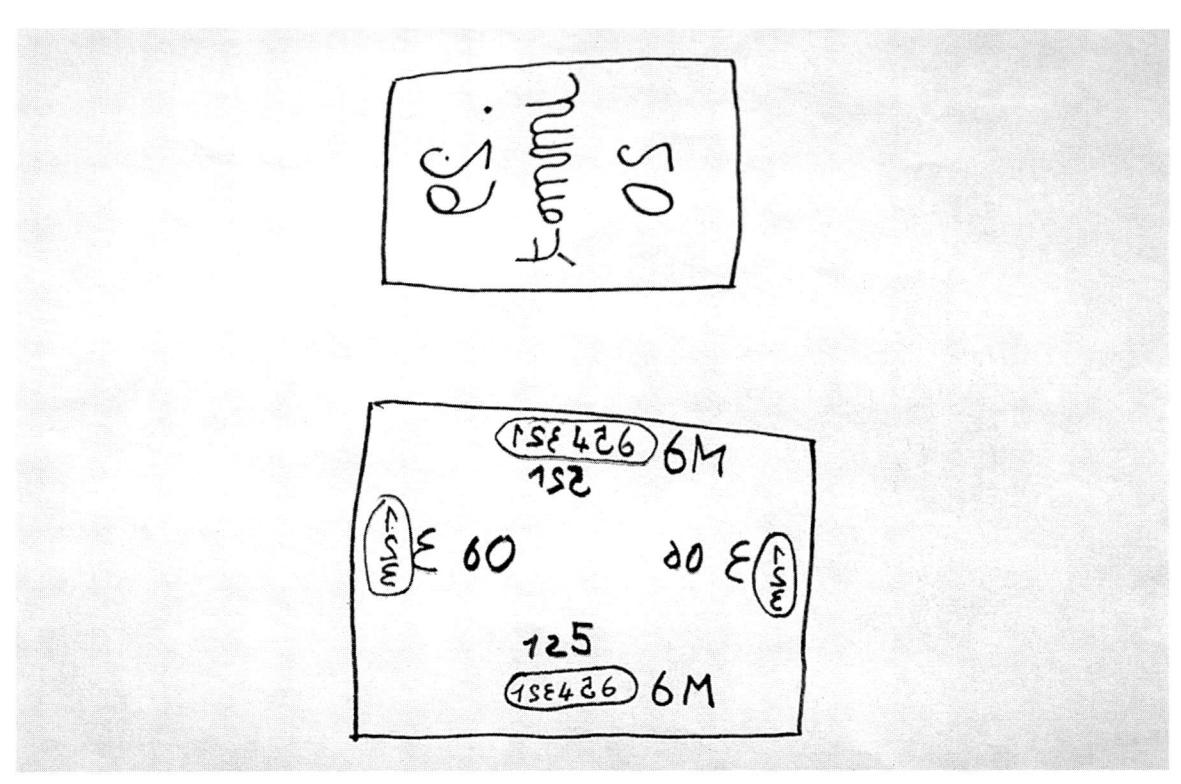

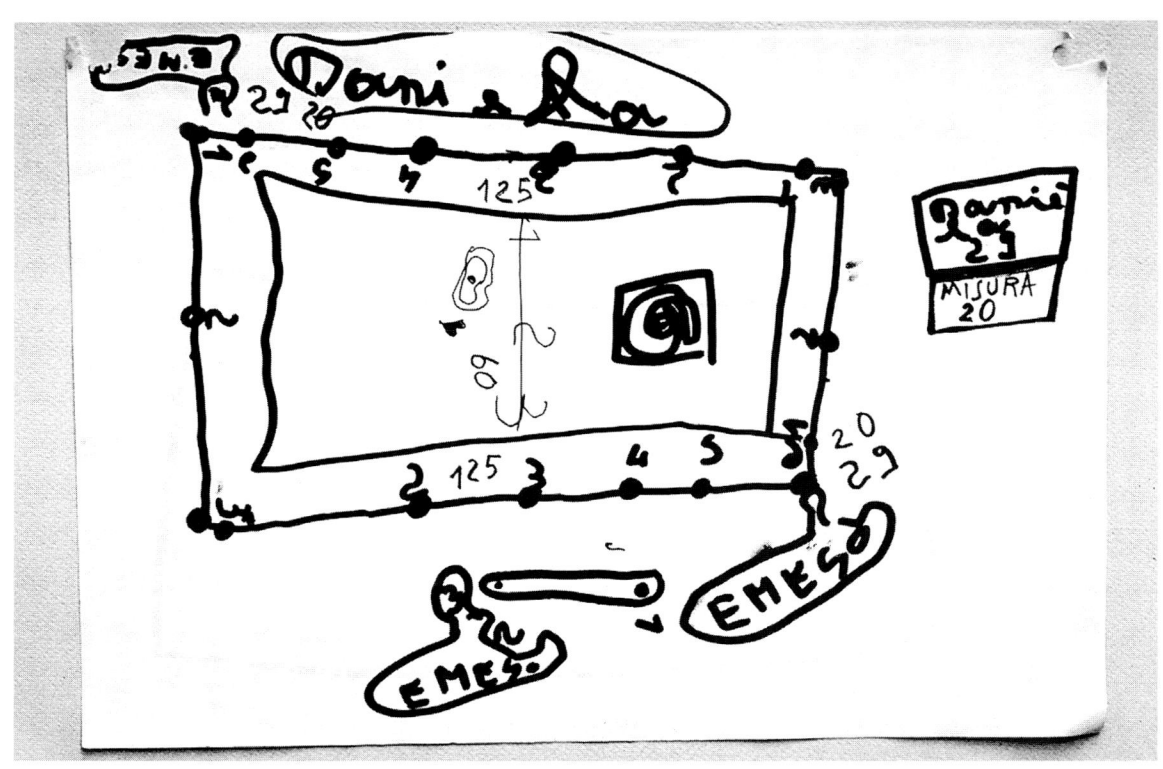

다니엘라의 그림은 신발을 센 수치와 미터 막대기의 수치의 측정을 나타내 준다. 그러나 아마도 다니엘라의 그림은 토마쏘를 향한 암호화된 사랑의 메시지일지도 모른다.

토마쏘에게 다니엘라는 테이블의 중앙에 잘 보이도록 작은 하트를 바친 것뿐만 아니라 자신의 이름 옆에 마치 수취인의 주소를 적듯이 29 (토마쏘의 신발 싸이즈)라는 수를 작은 테두리 안에 넣어 바친다. 그림의 아래쪽에는 테이블의 다리가 처음으로 나타나고, "**2와 반**" (두개 반 신발 길이)이라고 표시되어 있다. 그렇지만 다니엘라는 또한 테이블의 중앙에 보이는 정사각형안에 동그라미와 진한 점을 넣은 것을 그려서 우리를 크게 놀라게 한다.

이 예외적인 요소는 우리가 도저히 해독할 수 없는 일종의 상형문자와도 같은 것이다. 우리가 다니엘라에게 이것이 무엇인지를 물어보자, 그녀는 말한다: 《**그것은 비밀 그림이예요.**》 이것이 테이블하고 상관이 있는 것이니? 《**그래요.**》 그러나 그녀는 마치 우리에게 말하기가 두렵거나 우리가 추측을 하도록 내버려 두고 싶은 듯 더 이상 말을 잇지 않는다. 그녀가 우리에게 나중에 이야기 해 준 것은 정말 놀라웠다. 그 정사각형은 테이블 안에 있는 상상의 구멍이라는 것이다. 만약 그 안을 들여다 보면, 테이블의 다리 (동그라미)가 보일 것이고, 더 아래로 가면 둥근 발이 보일 것이다. 이것은 믿을 수 없으리만큼 해부 측정학적 구멍 뚫기로서 숙련된 제도공에게도 어려운 기법이다. 어린이들이 우리에게 제공하는 놀라움들은 -우리는 경험을 통해서 알고 있지만- 항상 우리를 감탄하게 하고, 이론적 패러다임을 흔히 깨어버리기도 한다.

이제 어린이들의 작업은 가속화되기 시작한다. 《**우리는 테이블의 윗면만 재었어. 이제 우리는 두께도 재어야 해,**》 다니엘라가 다른 어린이에게 상기시킨다. 《**우린 전체를 다 잴거야!**》 피에르 루이지가 말한다.

Daniela's drawing shows the measurements from the shoe count and those of the meter stick. But perhaps it is actually a coded love message for Tommaso, to whom she dedicates not only a little heart in plain view at the center of the table, but also a small frame where she adds the number 29 (Tommaso's shoe size) next to her signature as if to show the recipient's address. In the lower part of the drawing, a leg of the table appears for the first time, marked "*2 and a half*" (two and a half shoes). But Daniela also gives us a second big surprise in the square that can be seen in the middle of the table, which contains a circle and a dark spot.

This extraneous element is like a sort of pictogram that none of us are able to decipher. When we ask Daniela about it, she says: «It's a secret drawing.» Does it have something to do with the table? «Yes.» But she says no more, as if she were afraid of explaining or wanted to keep us guessing. What she later tells us is astounding. The square is an imaginary hole in the table. If you look through it, you see the table leg (the circle) and further down the round foot. It is an incredible axonometric excavation, a difficult technique even for an experienced draftsman. The surprises that children hold for us - we know by experience - never cease to amaze, and often break down theoretical paradigms. Now the children's work begins to accelerate.

«We've only done the top of the table. Now we need the thickness,» *Daniela reminds them.*
«We'll do the whole thing!» *says Pier Luigi.*

《《그러면 다리는?》》 리카르도가 덧붙인다. 아 그래, 다리가 있지. 《《다리는 재기가 어려워.》》 앨런이 언급한다. 《《재려면 위에서부터 아래 바닥까지 가던지, 아래 바닥에서 위로 가던지.》》

마르꼬와 앨런은 모든 사람들을 웃기고 싶어한다.
그 어린이들은 바닥에 눕더니, 공중에서 한 발위에 다른 한 발을 놓으면서 테이블의 다리를 재는 시늉을 한다.

«And the legs?» adds Riccardo. Ah yes, the legs. «They're hard to measure,» notes Alan. «You have to go from the top to the bottom or from the bottom to the top.»

Marco and Alan want to make everyone laugh. They lie down on the floor and pretend to measure the legs of the table by placing one foot above the other in the air.

그러자 또 다른 아이디어가 생겨난다: 테이블의 모든 부분을 종이로 감싸는 것이다. 어린이들은 잰 것을 써 놓고 싶어했는데, 이렇게 하면 그들이 볼 수도 있고, "가만히 어디가지 않고 있으며", 흔적을 남기는 것이다.

토마쏘의 신발이 다시 한번 다리를 재는데 사용된다. 결과는 **두개와 반**이다.

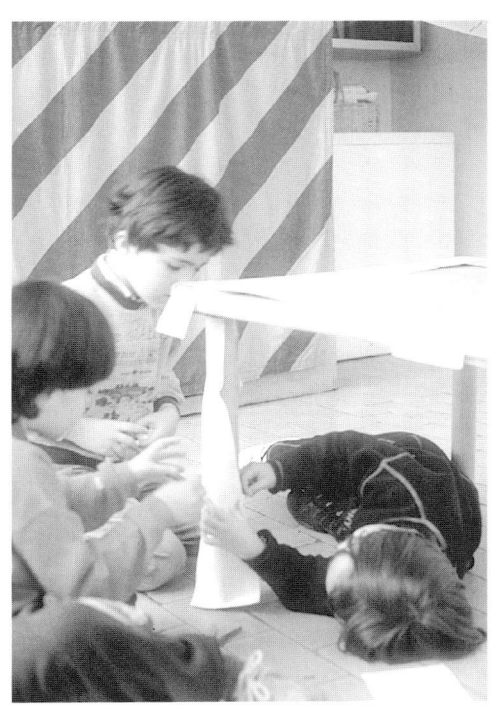

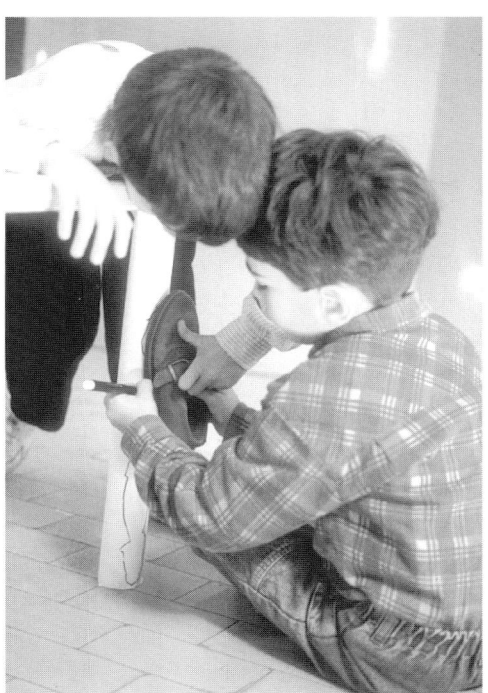

Then another idea emerges: to cover all the parts of the table with paper. The children want to note down the measurements in writing, measurements that they can see, that "stay put", that leave a trace.

*Tommaso's shoe is once again given preference for measuring the leg. The result is **two and a half**.*

막대자가 이제 다니엘라의 손에 들려 있는데, 다니엘라는
작은 차원에도 매우 주의를 기울인다. 다니엘라는 테이블
윗면의 두께를 재고는 풀로 붙힌 두꺼운 종이 조각 위에다
가 "**3 센티미터**" 라고 쓴다. 다니엘라가 어디에서 이 단위
를 배웠는지 우리는 확신할 수가 없었다.
우리는 단지 즉각적으로 다니엘라의 동료들이 이것을 미터
막대자 상에서 정확하게 그 측정분을 지적하면서 자기의 것
으로 만들었다는 것이다. 어린이들은 다시 다리를 잰다. 토
마쏘의 신발로 재는 것도 괜찮으나, 미터 막대자로 재는 것
이 훨씬 낫다. 어린이들은 "*50 센티미터*" 라고 적는다. 모
든 것이 정확해야만 하는 것이다.

이제 그 어린이들은 자신들의 작업을 용이하게 하기 위해서
테이블을 뒤집어 놓고 그 길이와 폭을 잰다.

*The measuring stick is now in the hands of Daniela,
who is very attentive to the small dimensions. She
measures the thickness of the table-top and writes
"**3 centimeters**" on a piece of heavy paper that she
glues down. We were not able to ascertain where
Daniela got this denomination, we only know that it
was immediatly assimilated by her companions with
an exact identification of its measurement on the
meter stick. The children go back to measuring the
legs. Measuring with Tommaso's shoe is okay, but it's
much better with the meter stick. They write "**50
centimeters**". Everything must be precise.*

*Now they turn the table upside down, which makes
their task easier, and measure the length and
width.*

다니엘라가 말한다: 《우리는 다리의 둥근 부분도 재야 해. 그러지 않으면, 목수아저씨가 너무 뚱뚱하게 만들거야.》 여지껏, 어린이들은 테이블의 직선적인 부분들만을 재 왔다. 이 경우에는 다리의 둘레는 다른 도구, 즉 이런 유형의 측정에 보다 적합한 도구를 찾아야 한다는 생각을 다니엘라가 하게끔 한다. 어떤 것이 사용될 수 있을까?
다니엘라는 줄자를 선택한다. 《이것은 뱀 같네,》라고 리카르도가 덧붙인다. 다니엘라는 줄자를 가지고 다리를 둘러싸면서 말한다: 《16 센티미터야.》 그리고 나서 다시 덧붙인다: 《다른 다리들도 다 똑같아.》

그 결과는 **128 과 63 센티미터**이다.

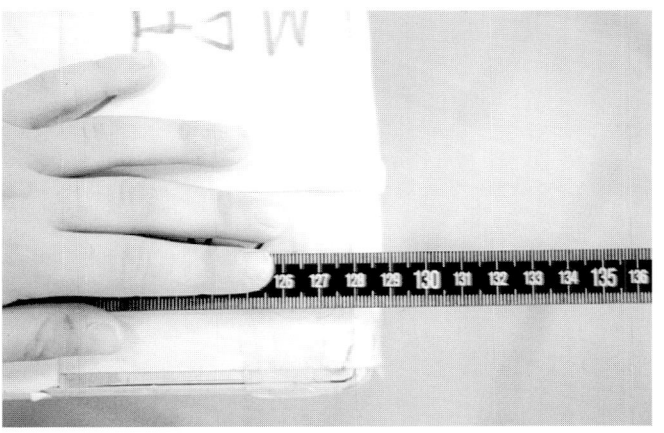

*The results are **128 and 63 centimeters**.*

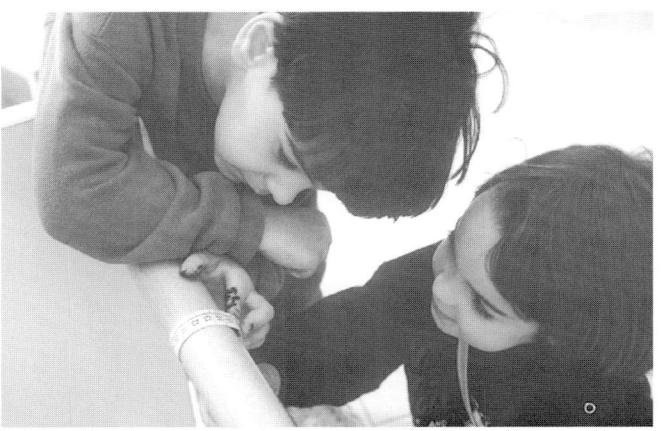

Daniela says: «We need to measure the round part of the leg, otherwise the carpenter might make it too fat.» Up to now, the children have measured the linear parts of the table. In this instance the circumference of the foot suggests to Daniela the need to find a different instrument, one more suitable to this type of measurement. Which will it be?
*She chooses a measuring tape. «It looks like a snake», Riccardo comments. Daniela encircles the leg with the tape and says: «It's **16 centimeters**.» Then she adds: «The other legs are the same.»*

다음에는 "발-밑" (다리의 바닥면) 차례다: **4 센티미터**이
다. 그들은 다른 종이를 내어서 새로 잰 것들을 그 위에
적어 넣는다.

이제 아주 신기한 일이 일어난다. 토마쏘가 테이블 다리의
발 옆에다가 자기 신발을 놓으면서 말한다: 《*내 신발의
반의 반의 반이야.*》
이것은 아주 기막힌 직관으로 신발의 길이를 동일한 작은
부분들, 즉 약수들로 나눌 수 있다는 가능성을 발견하게 한
다. 숫자들이 가득 차 있어서 아주 유용한 미터자를 사용하
는 방법을 이제 완전히 체득한 것으로 보인다.

Next comes the "under-foot" (the base of the leg): it's **4 cm**. They add another piece of paper with the new measurement written on it.

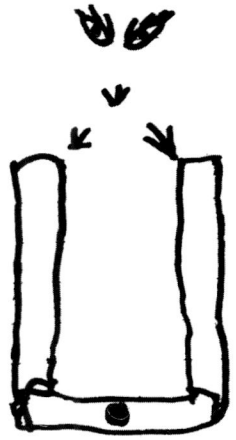

Now a curious thing happens. Tommaso puts his shoe next to the foot of the table leg and says: **«It's half of half of half of the shoe.»** *It is a remarkable intuition that leads to a discovery of the possibility of subdividing the length of the shoe into regular smaller parts: submultiples. The adoption of the meter as a unit of measurement, so useful with all its numbers, seems to be fully acquired.*

그러나 결과적으로는, 우리가 예상했던 것이 일어나려면 시간이 좀 더 걸린다. 우리가 그것을 깨달은 것은 다음 날로, 어린이들이 그래프 용지를 선택하고 난 후에(분명히 흥미로운 선택인데), 그림을 그려서 다시 한번 시험해 볼 것을 제안하였을 때 였다. 겉으로 보이는 것에도 불구하고, 우리는 어린이들이 목수에게 주는 메시지에는 미터 막대자에서 나온 숫자와 기호들을 적어 넣어야 한다는 확신을 갖고 있으리라고 가정했다. 그렇지만, 우리는 이것이 쉬운 변화가 아니라는 것을 알고 있다. 왜냐하면 이것이 바로 언어적이며 개념적인 패러다임에서 훨씬 더 미묘하고 다듬어진 형태의 패러다임으로 이전을 필요로 하기 때문이다. 그 어린이들이 그려낸 것에서 이것을 볼 수 있는데, 또한 그 안에는 새로운 요소들도 몇 가지가 있었다.

마르꼬의 그림은 전혀 수를 언급하지 않았으며 테이블을 신발의 시나리오 속으로 도로 가져다 놓았다. 우리가 발견한 새로운 요소는 테이블을 위에서 내려다 본 모습으로 그렸다는 것으로, 네 개의 다리가 옆으로 뻗쳐 나와 있다.

But as it turns out, what we predicted would happen needs more time. We realize it the next day when the children, having already selected graph paper (certainly an interesting choice), suggest another test by making drawings. Despite appearances, we assume that the children are convinced that the message to be given to the carpenter must include signs and numbers from the meter stick. Nonetheless, we are aware that it is not an easy passage, as it involves moving from a paradigm which is linguistic and conceptual to one which is much more subtle and rarefied. The children's drawings testify to this, but they also show some new elements.
Marco's drawing eludes any numerical reference and puts the table back into the scenario of the shoe. The new element that we note is his representation of the table as seen from above, with the four legs sticking out.

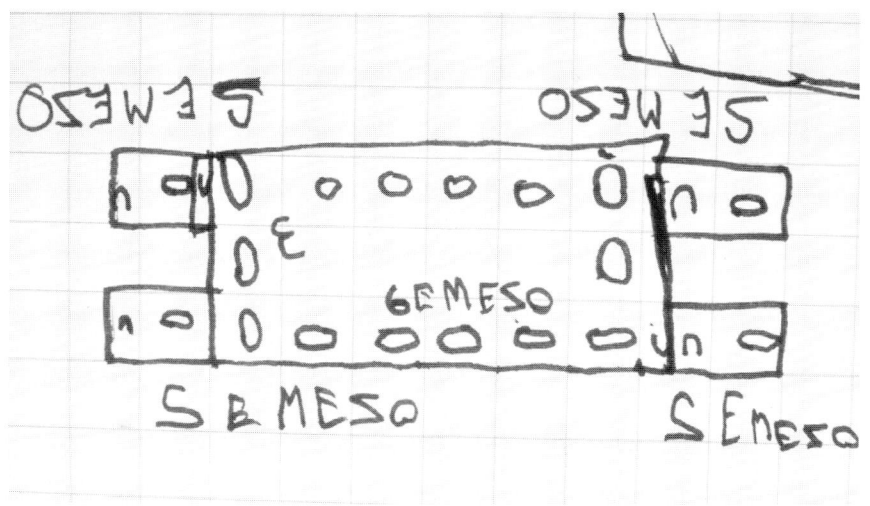

토마쏘: 《그 안에서 걸어다닐 수 있는 저 작은 정사각형이 있는 종이를 쓰자. 아무것도 없는 종이에서는 그렇게 움직일 수 가 없어.》
다니엘라: 《 그 작은 정사각형을 계단으로 쓰면 되겠다.》
리카르도: 《난 도무지 너희들이 무슨 말을 하는지 모르겠어....너희들 나한테 너무 어려운 일을 하라고 하는 거야.》

Tommaso: «Let's use that paper with the little squares that you can walk inside. You can't go like that on the plain paper.»
Daniela: «We can use the little squares for the steps.»
Riccardo: «I don't know what you're talking about... you're making me do things that are too hard.»

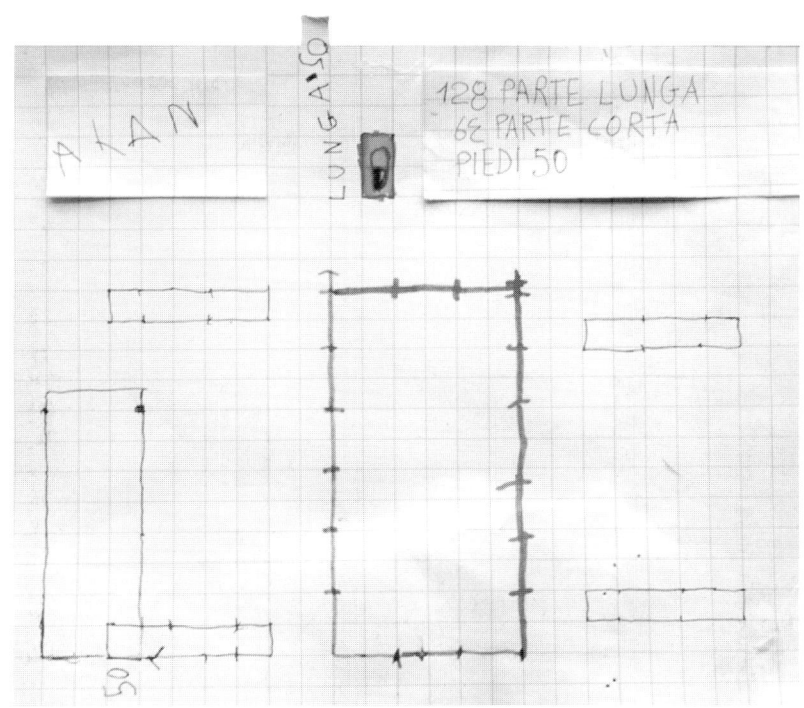

앨란이 그린 것은 훨씬 더 정교하다. 앨란은 테이블의 직사각형을 그렸는데, 토마쏘의 그 유명한 신발이 해 낸 측정치를 따라서, 그 길이를 6개의 부분으로 나누고 그 폭을 3개의 부분으로 나누었다. 종이 가장자리에는 테이블의 다리 4개가 있고 두 개 반 신발길이를 나타낸다. 그러나 여기서 아주 흥미롭고 예상치 못했던 측면은 앨란이 두 칸으로 만들어진 하나의 도형 단위를 선택했다는 것이다.

이런 방식으로 하면, 2개를 기본으로 해서, 그 길이는 **12개의 정사각형 칸이 되고 폭은 6개 정사각형 칸이** 된다. 앨란은 테이블 다리를 **5개 칸**을 부여했는데, 이것은 신발 길이 2개 반에 해당된다. 앨란은 철두철미하게 일정한 비례의 법칙을 따르고 있다. 이것은 논리-조합기술과 융통성에 대한 극치의 예라고 하겠다.

*Alan's drawing is much more elaborate. He works on the rectangle of the table, dividing the length into six parts and the width into three according to the measure established by Tommaso's famous shoe. On the sides of the paper are the four legs of the table which measure two and a half shoes. But the exciting and unexpected aspect is Alan's choice of a descriptive unit composed of two squares. In this way, with a base of two, the length becomes **12 squares and the width 6**. Alan assigns **5 squares** to the legs of the table, which measure two and a half shoes. He rigorously follows the rule of proportion, in scale. This is an exceptional example of logical-combinatorial skill and flexibility.*

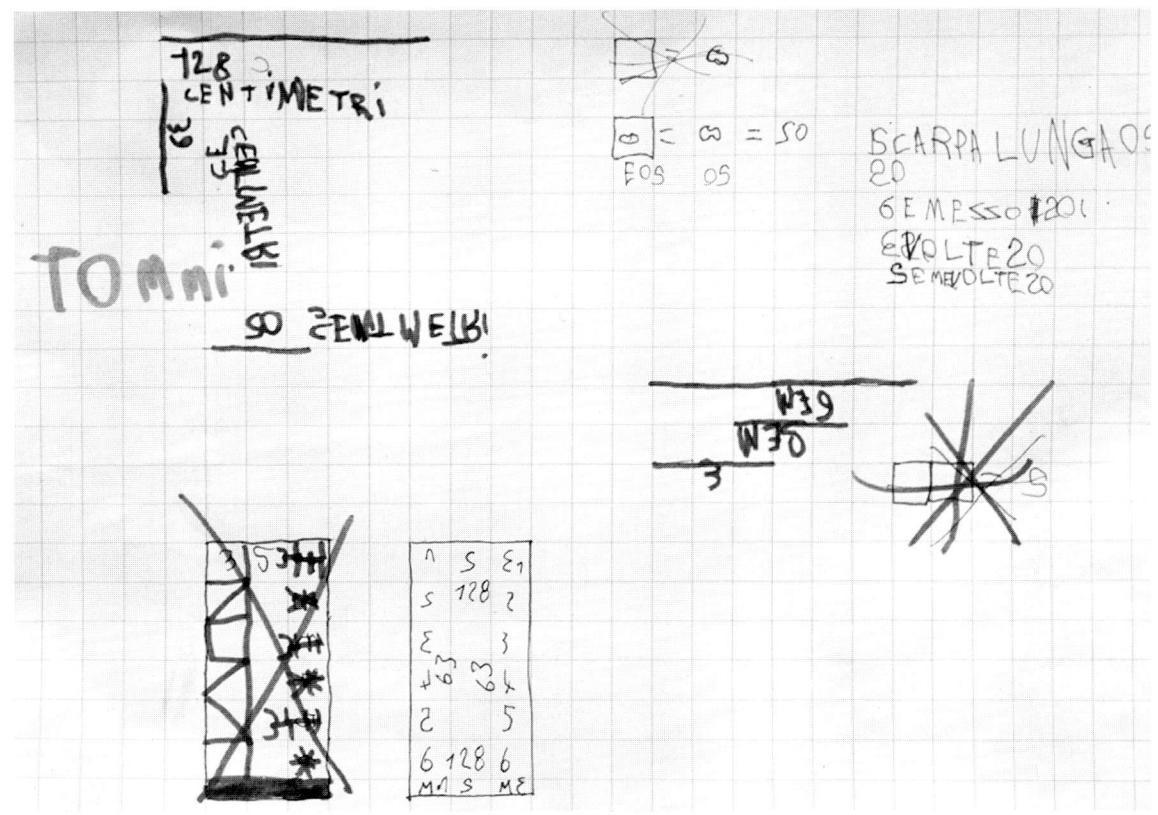

128
CENTIMETRI

TOMAI

SCARPA LUNGA OS
20
6 E MESSO 1201
E VOLTE 20
SE MEVOLTE 20

토마쏘의 그림은 또 다른 경로를 취한다. 그는 테이블의 전체를 다 그리지 않고, 그 구성적 차원으로 쪼개었다: 길이, 폭, 높이. 여기의 표시는 예전의 방법으로 돌아간 것으로, 신발 한 개가 한 칸에 해당된다. 그러나 토마쏘는 미터 측정치인 128, 63, 50을 "센티미터"라는 단어를 붙여서 제시하기를 잊지 않는다. 토마쏘의 그림에서 우리에게 가장 인상깊은 것은 그 페이지의 꼭대기에 나타나 있는 일종의 등식으로, 거기에 토마쏘는 칸을 따라서 선으로 그리고 그것 다음에 "=" 을 적어 넣고 다음에 신발의 윤곽선을 그려 넣은 다음 **"= 20"(센티미터)**라고 적었다. 이 상징들의 등가성은, 매우 효과적인 아이콘과 의미론적 형태들을 사용함으로써, 우리들로 하여금 단순히 수학-조작적 사고의 발생만이 아닌 진정한 의미의 연역적이고 귀납적인 사고에 해당하는 것이라고 (전혀 무리 없이) 가정해 볼 수 있도록 하는데, 만약 토마쏘의 경우에 확실하다면, 그의 친구들의 경우에도 그렇다고 확신해 볼 만한 것이기도 하다.

*Tommaso's drawing takes another route. He doesn't draw the table as a whole, but breaks it up into its component dimensions: length, width, height. The indications return to the old method, with each shoe being one square. But he doesn't forget the metric measurements 128, 63, and 50 accompanied by the word "centimeters". What most impresses us about Tommaso's representation is the sort of equation formulated at the top of the page, where he made an outlined square followed by "=" and a shoe outline, followed by **"= 20"** (centimeters). This equivalence of symbols, with a strikingly effective iconic and semantic formalization, leads us to hypothesize (without creating a scandal) something more than merely the germination of mathematical-operational thought, but rather true inductive and deductive thinking which, if evident in Tommaso's case, may also be ascertainable in his companions.*

어린이들은 이제 처한 상황에 대해 집중적으로 논의를 벌인다. 우리는 어린이들 자신들이 해결하도록 하면서 거리를 둔다. 어린이들의 대변인으로서 앨란이 교사에게 다가와서 질문을 하고, 그 질문에는 염려하는 마음과 나름대로 결정한 바가 드러난다: 《《*선생님 생각에 목수 아저씨가 신발을 더 잘 이해할 것 같아요 아니면 미터자의 수치들을 더 잘 이해할 것 같아요?*》》교사가 대답한다: 《《*나도 어려운 결정이라고 생각해... 그렇지만 너희가 결정해야 할 일이야. 이야기를 좀 더 해서 결정을 하도록 해 보렴.*》》그러자 앨란은 자신의 결정을 즉각적으로 이야기한다: 《《*숫자로 된 것을 주어야 해요.*》》다니엘라가 거들어 준다: 《《*만약 신발을 준다면, 목수아저씨는, '도대체 내가 이걸 가지고 어떻게 하라는 것이지?' 라고 할 거예요.*》》토마쏘가 덧붙인다: 《《*맞아, 그리고 난 어떻게 해? 그냥 신발 한짝만 신고 돌아다니란 말이야?*》》리카르도가 결론을 내린다: 《《*자 들어봐, 이제 결정을 해야 해: 신발인지 미터자인지!*》》

The children now discuss the situation intensively. We leave them alone and keep our distance. When they do approach the teacher, with Alan as their spokesman, they pose a question that expresses both apprehension and decision: «Do you think the carpenter can understand better with the shoes or with the numbers of the meter?» *The teacher replies:* «I know it's a difficult decision... but you're the ones who have to decide. Just talk about it and try to decide.» *So Alan immediately gives his opinion:* «We have to give him the numbers.» *Daniela backs him up:* «If we give him the shoe, he's going to say: What am I supposed to do with this shoe?» *Tommaso adds:* «Yeah, and what about me? Do I just walk around with one shoe?» *Riccardo concludes:* «Listen, we have to decide: the shoe or the meter!»

이제 선택을 피할 수 없다:
결정을 내려야만 한다.
교사는 손을 들어서 투표를 하면
어떨지 제안을 한다.
모든 어린이들이 환호를 보낸다.
《《미터자가 좋다고 생각하는 사람?》》
아무도 손을 들지 않는다.

《《신발이 더 좋다고 생각하는 사람?》》
모두가 손을 든다.

이 결과가 어린이들의 말과는 확실히 일치하지 않으며, 어린이들도 이것을 즉각적으로 깨닫는다. 심각한 순간이 잠시 있은 후, 어린이들은 모두 폭소를 터뜨리며 다시 투표를 할 수 있는지 묻는다.

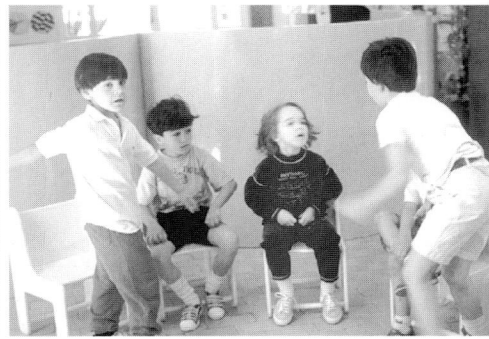

The choice now seems inevitable: a decision has to be made. The teacher suggests that they vote by a raising of hands. Everyone applauds. «Who votes for the meter?» No one raises their hand.

«Who votes for the shoe?» Everyone raises their hands.

The inconsistency of the result is evident, and the children realize it immediately. After a brief moment of seriousness, they burst out laughing and ask if they can vote again.

우리 모두 알다시피,
어린이들은 손을 들어 투표하는
일에 익숙하지가 않다.

교사가 반복해서 묻는다:
≪신발이 더 좋다고 생각하는 사
람?≫ 토마쏘와 다니엘라가
손을 든다.

≪미터자가 더 좋다고 생각하는
사람?≫ 앨란, 마르꼬, 피에르 루이지,
그리고 리카르도가 손을 든다.

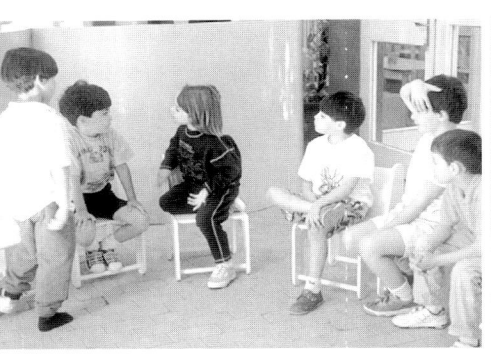  

*As we know, children are
inexperienced in voting by
the raising of hands.*

*The teacher repeats: «Who
votes for the shoe?»
Tommaso and Daniela
raise their hands.*

*«Who votes for the
meter?» Alan, Marco,
Pier Luigi, and Riccardo
raise their hands.*

이리하여, 미터자가 승리를 거두자,

승자들은 뛸 듯이 기뻐한다. 다니엘라와 토마쏘는 자신들이 갖고 있는 생각과 반대로 행동했다는 것을 충분히 알고 있지만, 아마도 이 둘은, 약간 옆으로 벗어나서, 그냥 "같은 편하기" 놀이를 하고 있는 것이었는지도 모른다. 어쨌든, 우리는 그 집단의 모든 어린이들이 동의했다고 생각한다. 이 어린이들은, 그 동안 그처럼 많은 모험들과 배울 경험을 제공해 주었던 신발에 대한 그들의 집착-그저 단순히 애정이라고만 하기보다는-을 버려야만 할 순간이 왔다는 것을 이해한 것처럼 보인다. 물론, 감사하는 마음은 있으나, 이제는 미터자와 숫자들이 필요한 때이다.

So the meter wins and the winners rejoice. Daniela and Tommaso are fully aware of having contradicted themselves, but perhaps they were just playing, somewhat distractedly, at "keeping together". Anyway, we think that all the children in the group agree. It seems that they have understood that the moment has arrived to let go of their attachment - more than just affectionate - to the shoe, which offered so many adventures and learning experiences. There is gratitude, of course, but now it's time for the meter and its numbers.

또 한번의 정찰 회의를 통해서 어린이들과 교사들은 일어났던 사건들을 재 방문해 볼 수 있었다. 어린이들은 자기들이 그린 마지막 그림들을 들여다보고 싶어했는데, 그 안에서 어린이들은 자신들의 작업에 대한 감을 찾을 수 있을 것이다.

Another reconnaisance meeting enables the children and teachers to revisit the events that have taken place. The children are interested in looking at their last drawings again, in which they know they will find the sense of their work.

목수에게 미터자를 사용해서 얻어낸 측정치를 테이블을 그린 그림과 함께 주기로 한 결정을 확인한 이후, 어린이들은 특히 두 가지 사항에 만장일치로 합의를 한다:우선, 마르코의 제안에 의하면 《《우리가 혼돈하지 않도록》》 모든 측정치를 종이 위에 적어야만 한다는 것이다.

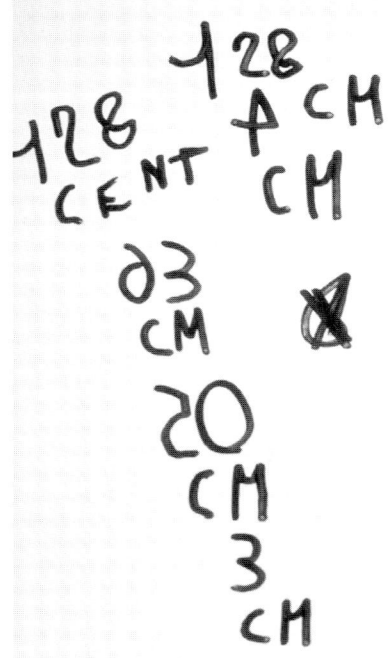

After confirming that they will give the carpenter a drawing of the table with all the measurements obtained using the meter stick, the children agree unanimously on two specific points:
First, that they need to write all the measurements on a piece of paper, according to Marco's suggestion «so we don't make a lot of confusion».

두 번째: 각자가 새로운 그림들을 하나씩
그리기로 한다.

Second: that each of them will make a new drawing.

그리고 나서, 전체 집단이 모여서 "가장 좋은 것들"을
골라서는 목수에게 줄 최종 그림 안에 넣기로 한다.

Then as a group they will choose "the best things" to include in the final drawing to be given to the carpenter.

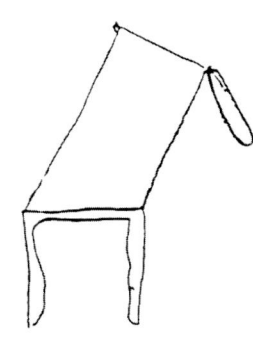

이 최종 그림은 토마쏘, 리카르도, 그리고 다니엘라가 해 낸 것들을 사용해서 합쳐 만든 것이다. 어린이들은 이렇게 하기로 결정을 하긴 했지만, 그 아래 쪽에는 모든 어린이들의 사인을 집어넣었다. 여기 우리가 보고 있는 것은 일종의 암호책으로 –수학적 언어들에 적합하게– 작은 공간에 들어갈 수 있으며, 아이디어, 시도, 협상, 조정과 선별의 길고 즐거운 이야기의 종착점이다. 목수가 필요로 하는 모든 치수가 다 여기에 들어있다: 길이, 폭, 테이블 윗면의 두께: 테이블의 높이; 다리들의 길이와 둘레: 밑부분의 지름. 테이블도 다양한 각도에서 그렸다: 위에서, 전면에서, 그리고 측면에서. 측정치를 나타내는 화살표가 있으며, 4개의 작은 정사각형은 다리를 끼워 넣는 곳이다. 그리고 또한, 따로 떨어져 있기는 하지만 토마쏘의 신발의 윤곽선이 들어 있는 먼저 그린 테이블도 있다.

이 어린이들이 자신들 마음대로 한 것은 단 한가지, 원래 도면에는 없던 것이지만 서랍을 하나 보탰다. 왜냐하면 제대로 만들어진 테이블에는 서랍이 하나는 있어야 하기 때문이다.

The final drawing is a collage using the contributions of Tommaso, Riccardo, and Daniela. This was the children's decision, though they all put their signatures at the bottom of the page. What we have is a sort of cipher book that fits in a small space - as is suitable for mathematical languages - and which is the point of arrival of a long and enjoyable story of ideas, trials, negotiations, adjustments, and selections. All the measurements the carpenter needs are there: the length, width, and thickness of the table-top; the height of the table; the length and circumference of the legs; the diameter of the base. The table is shown from different points of view: from above, facing front, and from the side. There are arrows to indicate the measurements, and the four little squares for the leg fittings. And also, though set apart, there is the old table with the outlines of Tommaso's shoe. The children take only one liberty: the addition of a drawer, which was not in the original plan, because any self-respecting table must have a drawer.

TUTTE LE MISURE DEL TAVOLO PER
IL FALEGNAME DEL RIO

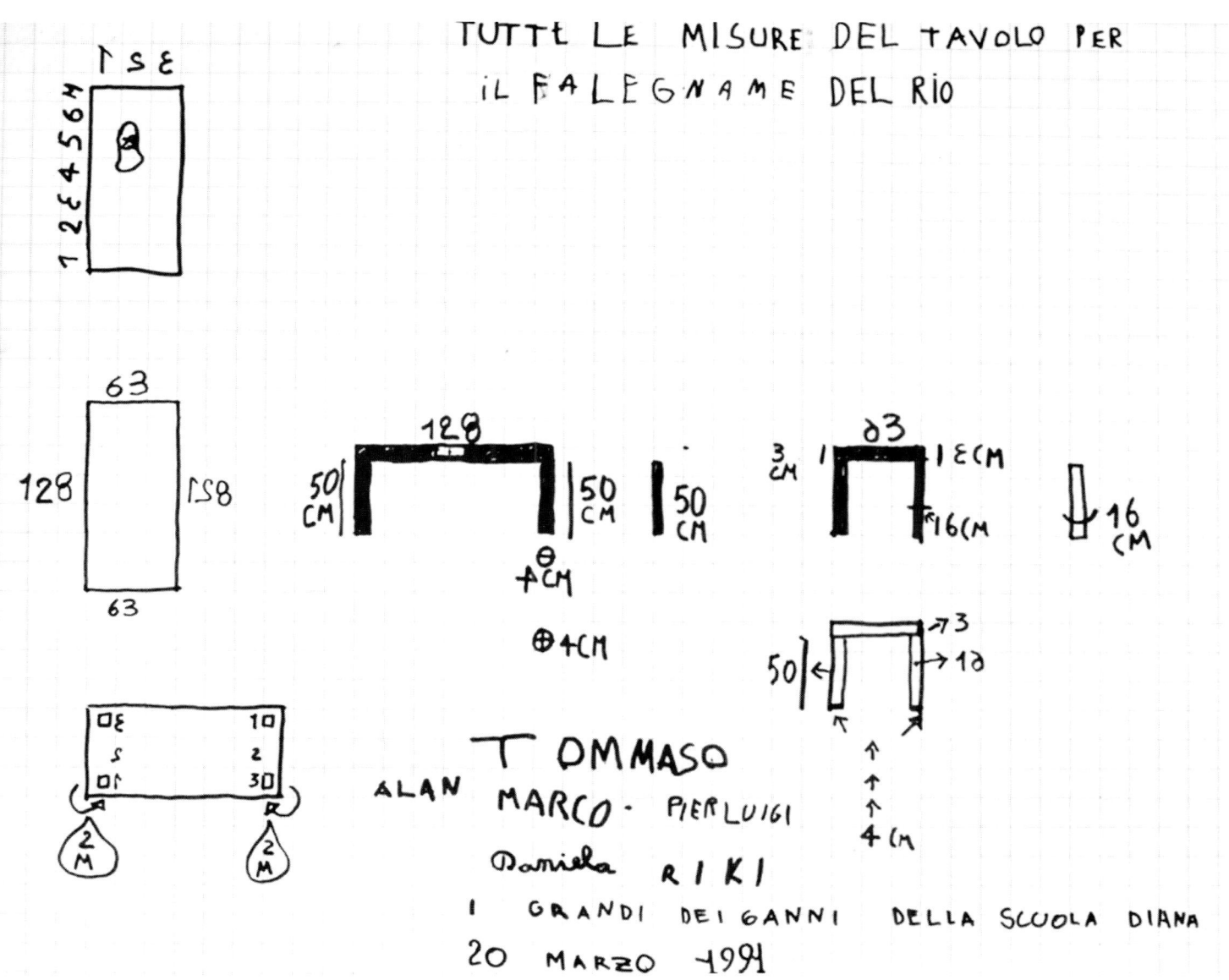

TOMMASO
ALAN MARCO · PIERLUIGI
Daniela RIKI
I GRANDI DEI GANNI DELLA SCUOLA DIANA
20 MARZO 1991

모든 것이 준비가 되어있고 목수가 도착한다.
혹시 목수가 의문점이 있을지도 모르므로,
어린이들은 목수에게 아주 자세한 설명을 해준다.

Everything is ready when the carpenter arrives.
Just in case he should have any doubts, the
children give him detailed explanations.

그리고 목수를 감동시키기 위해서, 어린이들은 자신들이 그
린 테이블의 그림들로 만든 화집을 아주 자신감에 차서 보
여준다.

And to really impress him, they show him the
anthology they have made of their drawings of the
table, beaming with pride.

어린이들은 그들의 친구가 된 목수에게 편지를 써서
잘 만들어줄 것을 당부한다.

The children also write a letter to their friend the carpenter, urging him to do a good job.

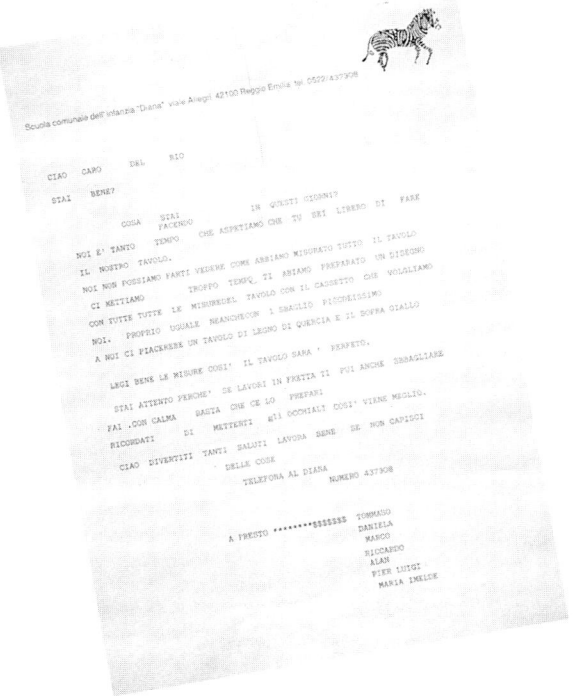

안녕하십니까? 친애하는 델 리오 씨
어떻게   지내 십니까?

     무엇을 하고   요사이는?
     지내시나요

우리는 당신이 우리 테이블을 만들어 주시기를
오래 동안 기다렸습니다.
우리가 어떻게 테이블의 구석구석을 모두 재었는지를 목수
아저씨에게 다 알려드릴 수는 없어요 왜냐하면 너무나 오래
걸릴 테니까요 우리는 책상의 모든치수를 다 넣어서 그림을
그렸어요 우리가 가지고 싶은 서랍도 그려 넣었어요. 이것과
똑 같은 것으로. 정확하게 같고 심지어는 1 가지 실수도
절대로 안되요 우리는 떡갈나무로 만든 테이블을
가지고 싶어요

    여기 적힌 측정치를 아주 잘 읽고서 하세요 그래야
테이블이 완벽하게 만들어질 테니까요.

    조심하구요 왜냐하면 만약 서둘러서 하려고 하면
아저씨들이 실수를 할 수도 있으니까요
시간을 넉넉히 가지시고 하세요 우리는 아저씨가 그냥
만들어 주기를 바래요 아저씨 안경을 잊지 말고 꼭 쓰세요
그래야 잘 보지요.
  바이-바이 재미있게 해보시고 나중에 봐요 잘 하시고요.
이해가 잘 안되는 것이 무엇이든 있으면
디애나   학교로
    우리를
     찾아   전화주세요
          번호 437308
  곧 만나뵙기를 ******$$$$$$$$ 토마쏘
                                     다니엘라
                                       마르꼬
                                     리카르도
                                       앨란
                                     피에르 루이지
                                       마리아 이멜데

HELLO   DEAR   MR. DEL RIO
HOW   ARE   YOU?

    WHAT ARE YOU   THESE DAYS?
              DOING

WE'VE BEEN   WAITING   A LONG TIME   FOR YOU TO
HAVE TIME TO MAKE OUR   TABLE.
WE CAN'T SHOW YOU HOW WE MEASURED ALL THE
TABLE   BECAUSE IT WOULD TAKE TOO LONG WE MADE A
DRAWING WITH ALL THE MEASUREMENTSOF THE
TABLE WITH THE DRAWER THAT WE WANT.   EXACTLY
LIKE THIS NOTEVEN WITH   1   TINY   MISTAKE
WE WOULD LIKE TO HAVE A TABLE IN OAK WOOD AND THE
TOP YELLOW

   READ THE MEASUREMENTS GOOD SO THAT WAY
  THE TABLE WILL BE   PERFECT.

    BE CAREFUL BECAUSE   IF YOU WORK IN A HURRY YOU
MIGHT MAKE A MISTAKE
TAKE . YOUR TIME   WE JUST WANT YOU TO MAKE IT
REMEMBER TO   PUT   your GLASSES ON SO YOU
CAN SEE BETTER.
   BYE-BYE   HAVE FUN SEE YOU WORK GOOD   IF YOU
DON'T UNDERSTAND
     SOMETHING
          CALL US AT THE DIANA
                              NUMBER 437308

  SEE YOU SOON ******$$$$$$$ TOMMASO
                                     DANIELA
                                       MARCO
                                     RICCARDO
                                      ALAN
                                     PIER LUIGI
                                      MARIA IMELDE

마치 크리스마스 때 처럼, 깜작 놀라게 해 줄 선물로, 학교에 목수가 함께 점심을 하러 오자, 목수의 접시 아래에 편지를 넣어둔다.

As a surprise, like at Christmas, he'll find the letter under his plate when he comes to have lunch at school.

이야기는 계속된다. 그리고 그 테이블 -먼저 있던 테이블- 은 마치 응급실을 방금 다녀온 것처럼 감싸지고 반창고가 붙어져 있는 채로, 신발 한 짝과, 미터 막대자, 그리고 여섯 명의 호기심으로 가득 찬 어린이들이 경험한 불확실함, 재미, 그리고 모험을 말해주기 위해서 전시되어 있다.

The story continues. And the table - the old table - wrapped up and bandaged as if it had just come from the emergency room, remains there on display to tell about all the uncertainties, the fun, and the adventures of a shoe, a meter stick, and six curious children.

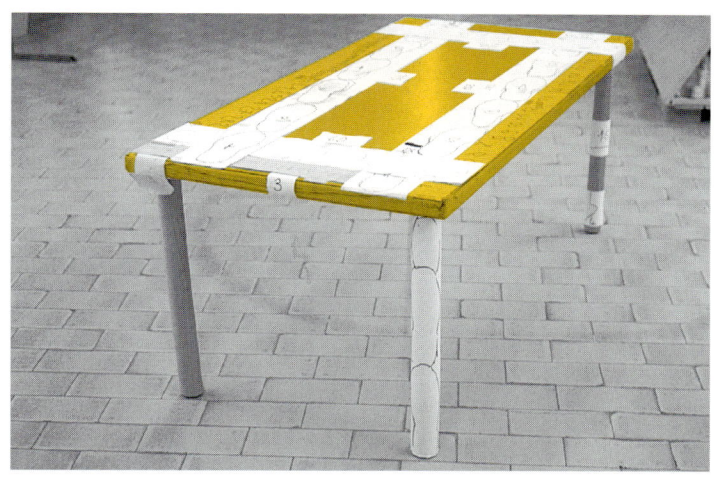

학습이라는 모험

교사로서, 우리가 연구에 사용하는 도구인 관찰과 기록작업의 한 방식에 대해 좀 돌이켜 보고 이야기를 하고자 한다. 우리는 이 방법을 "탐사하기(probe)"라고 한다.

《....**탐사**란 기회인 동시에 관찰에 대해 관찰을 하는 도구이며, 무엇보다도 지식에 대한 지식을 발달시키기 위한 것으로, 지식은 개인의 학습과정과 개인들 간의 관계 속에서 항상 가장 강력한 요소이다.》[1]

우리가 "신발과 미터자" 경험에서 사용한 절차가 바로 이런 유형의 **탐사**로서, 이는 레지오 에밀리아 시립 영유아 센터와 유아학교의 발달에 있어 한 요소일 뿐이며, 어린이들, 가족들, 교사들 그리고 주변의 문화에 주의깊고 반응적으로 **귀를 기울인** 덕분에 시간의 흐름에 따라 교수 책략을 수정해 온 긴 이야기의 한 부분이기도 한데, 특히 새로운 지식의 **풍토**를 구성하고 연구하는 주변문화에 귀를 기울인 결과이다.

이런 방법을 사용하는 데 있어서 고려해야 할 점이 많다: - 무엇보다도 먼저, 교사로서, 어린이들과 어린이들의 지식에 대한 이해는 어느 교육 프로젝트에 있어서도 필수 불가결한 초점부분이다. 어린이들은 주변 세계에 대한 해석으로서 많은 이론들과 가설들을 산출해 내지만, 어린이들의 말에 귀를 기울여주지 않기 때문에, 흔히 표출되지 않은 채로 있곤 한다. 따라서, 우리는 어린이들의 자율적인 학습 책략에 대해 실제로는 정말 아는 것이 별로 없다는 것을 깨닫는 것이 필요하다.

- 우리는 어린이에게 가까이 다가가서, 존경, 호기심 그리고 결속감을 가지고 어린이들을 관찰하고 기록하며, 우리 자신에게 많은 질문을 하고, 의구심을 갖는 것을 두려워하지 않으며, 우리가 수집한 정보를 너무 성급하게 일반화시키고자 하지 않도록 할 필요가 있다. 상대성에 대해 잘 이해를 하고 있어야 하며 우리의 아이디어들을 집단으로 함께 나누며 다른 시각들을 끌어내려고 해야한다.

- 우리는 우리가 관찰한 것을 기록한다는 것은 매우 소중한 것이며 동시에 스스로를 키우는 일이기도 하다는 것을 의식해야 한다. 우리가 수집한 자료는 우리로 하여금 우리 자신의 아이디어들과 관점들을 다른 사람들의 것과 비교를 하도록 해주며, 일어난 사건들(혹은 더 나아가서, 우리가 이해한 것과 우리가 이 사건들에 대해서 해석한 것들)에 대해 토론하고 돌이켜보도록 한다.

더욱이, 기록자료들은 우리로 하여금 사건들을 여러 차례에 걸쳐 다시 방문하게 하고, 가설들을 계속 세우도록 하며, 새로운 의미를 찾아내고, 새로운 이론적 정의들과 우리 작업의 방향을 자극해 주면서, 일어났던 사건에 대한 해석의 섬광이 일말의 깨달음을 제공해 줄 때 느끼게 되는 환상적인 흥분을 경험하도록 해준다. 프로젝트에 있어서 기록작업의 중요성을 깨닫게 되면 우리가 관찰하는 데 사용할 도구와 방법들을 선택하는 데 있어서 방향성을 찾을 수 있다.

- 마지막으로, 우리는, 어린이들이 무엇을 배우는 것이 좋은지를 우리가 알고 있으며, 모든 어린이들이 모든 것을 동일한 방식으로 배우는 것이 민주적이고, 훌륭한 교사란 무엇을 어떻게 해야할 지를 미리 알고 있어야 한다는 신념(우리가 교사교육을 받으면서 생겨난 것)을 버려야만 한다.

탐사라는 연구방법은 일반적으로 한 교사와 아틀리에리스타가 작은 집단의 어린이들과 함께 일하는 것을 포함하는데, 두 번째 교사는 그 사이에 다양한 활동들을 그룹지어 하고 있는 다른 어린이들을 관찰하고 조정하는 역할을 맡는다.

이런 유형의 계획수립과 조직에서 드러나는 측면들 중 하나가 시간의 연속성이다. 매일 아침, 교사들과 어린이들은 기록물과 여지껏 산출된 흔적들을 사용하여 그 전날의 가닥을 잡아서 이어가는데, 그날에는 어느 지점에 도달하게 되리라는 것을 정확하게 알지 못한 채로 지속한다. 하루의 일과가 끝나면, 우리는 어린이들의 말을 녹음한 것을 들으며 전사를 하고 그 전사본을 수없이 다시 읽어보면서 일어났던 사건들에 대해 이해하고 해석을 해보려고 노력한다. 우리는 토론하고 아이디어들을 비교하며, 예측을 하고 가설을 세운다. 가능하면 빨리, 우리는 산출된 사진 자료들을 보면서 보다 가설들을 진전시키고 우리의 연구에 대해 더 진전된 제안들을 한다.

어린이들이 탐색을 하는 리듬은 항상 지속적인 것은 아니다. 때로는 그들의 연구가 규칙적으로 진전이 되는 듯 하지만, 다음 순간에는 그 어린이들이 취한 방향이 우리에게는 거의 이해할 수 없는 것처럼 보이기도 한다.

어린이들이나 교사들에게, 연구과정이란 극도로 민감하며 고도로 예민한 더듬이를 발달시키는 것을 의미하며, 흥분감이나 때로는 혼란감도 있으나 항상 최고 수준의 흥미가 개입된 인지적 긴장 상황을 수립하는 것을 의미한다.

교사와 아틀리에리스타는 흔히 자신들이 관찰하고 있는 것에 대해서 "즉석에서" 아이디어들을 교환하기도 한다. 어떤 순간들에, 어린이들의 작업이 정체되는 듯이 보일 때면, 그들은 과연 개입을 할 것인가와 어떻게 할 것인가, 또는 그 순간적인 문제가 어린이들에 의해서 자동적으로 해결이 되도록(대다수의 경우 이렇게 된다) 기다려 볼 것인지를 결정하기 위해 협의를 짧게 하기도 한다. 자제를 할 것인지 아니면 개입을 할 것인지, 개입한다면 어떻게 할 것인지, 어린이들의 연구에서 가장 앞선 시각을, 선입관을 갖지 않고 단일한 해석에 대해 확신을 갖지 않도록 하면서 어떻게 어린이들에게 "다시 되돌려 줄 것인지": 이런 것들이 우리가 작업을 하는 동안 끊임없이 묻게 되는 질문들이다. 우리는 이런 것들을 생산적 요소로서 받아들여야 하며, 선택을 하는데 따르는 위험도 감수해야 하고, 그리고 우리가 하는 실수도 받아들여야 한다. 그러나 교사가 이와 같은 역할을 하면 어린이들은 어떤 경험을 하게되는가? 간단히 말해서, 어린이들은 신뢰를 하며 자유롭게 시도해보고, 실수하고, 자신들끼리 토의한다고 말할 수 있다. 때로는, 어린이들은 교사를 자원으로서 활용하기도 한다: 예를 들면, 일어났던 사건을 요약해 주는 "공증인"이 되거나 혹은 그간 부상된 가장 최근의 가설들을 종합해 줄 것을 교사에게 요구하기도 한다. 어린이들은 확실히 우리가 자신들의 곁에서 ―비록 다른 역할에서지만― 연구를 하고 있다는 것을 느끼고 있으며, 그리고 무엇보다도 우리가 그들에게 느끼는 존중감, 결속감 그리고 우정을 어린이들은 감지한다.

교사들에게, **탐사**는 배우고, 사고하고 해석하는 능력을 훈련받는 아주 최적의 장이다. 이런 맥락에서, 우리는 경험의 과정 중이나 경험이 끝난 후에 **이야기를 서술하는 사람**으로서 우리 역할이 맡은 거대한 책임감을 충분히 의식하고 있다. 어린이들의 연구가 진전되어감에 따라, 우리는 계속해서 우리의 기대들, 가설들, 그리고 예상들을 조정해 가는데, 이는 해석하는 것이 중요하지만 이해하는 것이 더욱 더 중요하다는 것을 알고 있기 때문이다.

이 책에서 소개한 것과 같은 **탐사**들을 활용함으로 해서, 우리는 매우 중요한 것을 배웠다: 창의성과 우수성은 결과들보다는 과정에서 더 쉽게 포착될 수 있다는 점이다. 어린이들이 미리-짜여진 가치와 방법들을 강요받는 대신에 그들의 자율적인 과정들을 연구하고 그것에 귀를 기울이는 그런 맥락 안에서 작업을 하게 된다면, 그들의 일상적인 사고와 구성 안에서 이런 창의성과 우수성은 확연하게 보여진다. 이런 방식의 작업이 어린이들의 자기 조직적 책략들과 능력들에 대해 우리에게 막대한 믿음을 주었다. 이 방식은 우리가 어린이들의 많은 사고 방식과, 그들의 다양하고 수많은 학습 책략과 스타일을 발견하도록 도와주었으며 그것들에 대해 보다 궁금하게 만들었다. 이런 **탐사**방식이 우리 연구의 현 국면에 큰 공헌을 해 왔다고 우리는 생각하며, 현재도 우리는 개개인의 과정들을 기록으로 남김으로 해서 새로운 작업 책략을 발달시키려고 하고 있다.

사진자료에 의한 기록작업에 대해서는 (이 책에서도 이야기를 전개해 나가는 데에 아주 근간이 되고 있는데) 책의 한 장(章)을 쓸 수도 있다. 어린아이들의 교사들 중 많은 사람들이 사진을 찍지만, 그 중에서 의미로운 이미지는 별로 없다. 좋은 기술과 고도 수준의 도구를 가지고 있는 것 만으로는 부족

하다: 우리는 아주 특별한 **귀기울임**의 태도를 가져야만 한다. 이를 위해서 우리의 눈과 마음들에 강요되어 왔던 어린이들에 관한 두 종류의 이미지를 버려야 한다. 즉, 현대 대중 매체가 제안하는 지극히 단순화된 어린이에 대한 이미지와, 인식과 이해에 관련되어서는 심미감이 차지하는 위치를 아주 미미한 것으로 보는 공교육이 제공하는 "빛깔이 없는" 어린이에 대한 이미지가 바로 그것들이다.

사진기를 사용할 때는, 지금까지와는 다른 눈들과 다른 마음을 가지고 어린이들을 바라보아야 하고, 그들의 행동 영역 안에서 **만나도록** 하며, 잘 알려지지 않거나 흔하지 않은 의미들(아주 많은)을 포착하여서 어린이들의 수많은 정체성을 나타내주는 사진을 그들 자신들에게 되돌려주고자 하는 의도인 것이다.

사진-기록작업에는 또한 암묵적인 기술적 문제들이 있다. 어린이들은 위치들, 움직임들, 그리고 표현들을 지극히 순식간에 바꾼다. 어린이들은 사진기에 등을 돌려서는 시야를 막기도 한다; 어린이들은 우리로서는 왜 진짜 중요한 지를 결코 파악할 수 없는 그 무엇인가를 둘러싸고 인간 그물을 이룬다. 그리고 흔히 조명 조건도 부적절한 경우가 있게 마련이다. 이러한 어려운 점이 있기는 하지만, 우리 영-유아센터와 유아학교에서 지난 수 년 동안에 걸쳐 수집된 방대하며 소중한 사진 기록들을 살펴보면, 교사들과 아틀리에리스타들의 민감한 지능과 어린이들의 입장에 설 수 있는 능력들이 발달되어왔다는 것을 분명히 알 수 있다.

여기서 마지막으로 언급하고자 하는 것은 바로 이 책에서 제시된 것과 같은 자료들을 어린이들과의 작업에 직접적으로 참여하지 않는 사람들에게 전달하는 것의 중요성이다: 즉, 교육

조정관들, 심리학자들, 연구자들 그리고 부모들을 말하는 것으로 이들은 모두가 전반적인 교육 프로젝트를 발달시키는 데에 아주 중요한 사람들이다.

우리는 학습 경험을 이와 같은 형태로 제시하게 되면 그 생생함을 명확하게 전할 수 있는데, 흔히 학습 경험은 어린이들의 탐색에서 보여지는 진정한 흥분감과 에너지 수준에 전혀 걸맞지 않는 부분적인 "각본"으로만 제시되는 경우가 많다. 우리는 또한 어린이들이 자신들이 거쳐온 경로들과 목표에 도달하기 위해 지나온 절차들을 재방문 할 수 있는 것이 매우 중요하다는 인식을 갖고 있지만, 우리는 아직 이 과정에 대해서는 더 잘 이해하고자 한다.

우리가 여기서 이야기하기 식의 구조를 - 일종의 *이야기 융판*과 같은 - 취한 이유는 학습의 모험들과 결코 유리되어질 수 없는 삶의 사건들이 서로 얽힌다는 것을 최대한 가시화 하고자 하기 위함이다.

이와 같은 **탐사**로 인해서 우리는, 어린이들이 생활하는 학교에서 일어나는 인간 학습의 태동과 변천을 관찰하고 기록하는 것이 인간의 삶을 이해하는 데 있어서 얼마나 풍부하고 가치로운 기초 작업을 이루는 지를 좀 더 깨닫게 되었다.

프로젝트가 유아기에 대한 지속적인 연구에 의해서 키워지고 유지되지 않는다면, 모든 연령급의 학교에서 어린이들의 학습과 인지 방식과 조화를 이루는 혁신적인 교육 프로젝트를 산출하기란 어렵다.

지금 일어나고 있는 문화적 변화들은 여지껏과는 다른 사고와 관계 구조들을 창출해 내는 디지털 지능의 탄생(그것의 향후 발달에 관해 우리로서는 단지 추측하고 그저 최소한의 예측밖에 할 수가 없다)을 가져왔는데, 이로 인해 우리가 오늘날 어린이들의 학습 과정을 이해하는 것이 더욱 긴박하고 필수적이 되었다.

이러한 이해를 통해서만, 우리는, 적어도 부분적으로나마, 현재 일어나고 있는 차이점들과 변화들을 깨달을 수 있고 앞으로 다가올 것이 어떤 것인지를 짐작해 볼 수 있다.

미래와 보조를 맞춘다는 것은 현재에 의해서 절대적으로 제한을 받는데, 교사라는 어려운 직업에서, 우리는 적어도 일부나마 이 거대한 책임을 지지 않을 수가 없다.

마리나 까스따네띠, 마리나 모리,
로라 루비찌, 파올라 스트로찌 (디애나학교의 교사들),
베아 베끼 (디애나학교의 아틀리에리스타)

1. 이 인용 부분은 로리스 말라구찌가 1988년 4월 "탐사들"에 대한 강연에 적힌 것에서 발췌한 것이다.
2. 기록작업(documentation): 서지오 스파르쥐아리가 쓴 소개글에서 우리가 한 경험 안에서 이 용어가 갖는 의미에 대한 토론을 찾아보시오.
3. "아틀리에리스타"란 레지오 에밀리아의 유아학교의 교사들에게 관습과 시간이 흐르면서 지정된 이름으로, 미술 아카데미나 institute을 졸업한 사람이다. 아틀리에리스타는 1968년 이래 시립 유아학교의 교직원 중의 영구멤버가 되어왔다.
   아틀리에리스타의 역할은 전통적인 방식으로 설명하기는 어렵다. 아틀리에리스타는 단순히 "미술교육자" 혹은 그 분야의 전문가가 아니며, 아틀리에리스타의 작업이 반드시 아틀리에 안에서만 이루어 지는 것도 아니다. 아틀리에리스타는 오히려 일종의 현장 연구자로서, 자신의 다른 배경과 기술들을 전체 집단에 제공을 해주면서, 학교 전체가 일종의 워크샵, 연구, 실험과 지속적인 전문가적 발달의 장소가 되도록 한다.
4. 25명으로 이루어진 각 학급은 동등한 지위와 역할을 갖고 함께 오전 8시 30분부터 오후 2시까지 교실 안에 있는 한 쌍의 교사가 담당한다. 이 시간의 이전과 이후에는 한 명의 교사만이 근무한다.

The Adventure of Learning

As teachers, we would like to offer some reflections on a method of observation and documentation that we use as an instrument for our research. We call this method a "probe".

«... The probe is both an opportunity and an instrument for making an observation of an observation, and above all for developing knowledge of knowledge, which continues to be one of the strongest elements in the individual learning processes and the relationships between individuals.»[1]

This kind of probe, the procedure we used in the "shoe and meter" experience, is only one point in the development of the Reggio Emilia municipal infant-toddler centers and preschools, part of a long story in which the didactic strategies have been modified over time thanks to attentive and responsive listening to children, families, teachers, and the surrounding culture, and particularly that part of the surrounding culture that researches and constructs new landscapes of knowledge.

A number of considerations should be made in terms of using this method: - First of all, as teachers, our understanding of children and their knowledge is the indispensable focus for any educational project. Children produce many theories and hypotheses for interpreting the surrounding reality, but these often remain unexpressed because they are not listened to. We thus need to be aware of how little we actually know about children's autonomous learning strategies.

- We need to get close to children, to observe and document them with respect, curiosity, and solidarity, to ask ourselves many questions, not be afraid of doubts, and not let ourselves be seduced by overly rapid generalizations of the information we gather. We need to have a good sense of relativity and to share our ideas collectively and seek out different points of view.

- We must be aware that the documentation[2] of what we observe is both invaluable and self-propagating. The material we collect makes it possible for us to compare our own ideas and points of view with those of others, discussing and reflecting on the events that have taken place (or better, what we have understood and the interpretations we make about these events). Moreover, the documentary material enables us to revisit the events again and again over time, to continue making hypotheses, find new meanings, and experience that wonderful excitement that arises when an interpretive spark provides a sliver of illumination about what has taken place, stimulating new theoretical definitions and directions for our work. Our awareness of the importance of documentation in a project provides orientation for choosing the tools and methods we use in our observations.

- Finally, we must abandon the belief (instilled in us by our teacher training) that we always know what is right for children to learn, that it is democratic for all children to learn everything in the same way, and *that the sign of a good teacher is how much she knows in advance about what she has to do and how to do it.*

The probe *method of research generally involves one classroom teacher and the atelierista3 working with a small group of children, while the second classroom teacher4 observes and coordinates the other children working in groups on various activities.*
One of the emergent aspects of this type of planning and organization is the continuity of time. Every morning, the teachers and children can take up the thread of the previous day using the documents and traces produced thus far, and continue without knowing precisely where we will arrive that day. At the end of each day, we listen to and transcribe the verbal recordings and read over the transcriptions a number of times, trying to understand and interpret the events that have taken place. We discuss and compare ideas, make predictions and formulate hypotheses. As soon as possible, we view the photographic material produced, which enables us to make further hypotheses and provides further suggestions for our research.

The rhythm of children's explorations is not always continuous. Sometimes their research seems to advance in a regular way, but in other moments the directions they take seem almost incomprehensible to us.

For both children and teachers, the research process means developing sensitive and highly receptive antennas, building a situation of cognitive tension *that involves excitement, sometimes disorientation, but always the highest level of interest.*
The teacher and the atelierista often exchange ideas "on the fly" about what they are observing. In certain moments, if the children's work seems to be stagnating, they have a quick consultation to decide whether to intervene and how, or to wait and see if the momentary problem is resolved autonomously by the children (which happens in the majority of cases). Whether to abstain or intervene, how to do so, how to "throw back" to the children the most advanced points of their research without preconceptions and rejecting the certainties of a single interpretation: these are the questions that constantly accompany our work.
We must accept them as productive factors, take risks in making choices, and accept our mistakes.
But how do the children experience this role of the teacher? In short, we could say that they are trusting and that they feel free to try, to make mistakes, to discuss among themselves. Sometimes they use the teacher as a resource; for example, asking us to be the "notary" who summarizes the events that have taken place or to synthesize the most recent hypotheses that have emerged. They clearly perceive that we are researching alongside them - though in another role - and most of all they sense the esteem, solidarity, and friendship that we feel for them.

For the teacher, the probe *is an excellent training ground for learning, reasoning, and interpreting. Within this context, we are fully conscious of the enormous responsibility that we assume in our role as narrator during and after the experience.*

As the children's research evolves, we continuously adjust our expectations, hypotheses, and predictions, in the awareness that it is important to interpret but even more so to understand.

Using probes *such as the one presented in this book have taught us something very important: that creativity and exceptionality can be found more easily in processes than in results. These aspects can be clearly seen in the daily thinking and constructing of children, provided the children are working in a context that does not superimpose pre-constituted values and methods but, instead, studies and listens to their autonomous processes.*

Working in this way has given us the utmost faith in children's self-organizational strategies and abilities. It has helped us to discover and made us more curious about children's many ways of thinking, their many and different learning strategies and styles. We feel that these probes *have made an important contribution to our current phase of research, in which we are trying to document individual processes and consequently develop new working strategies.*

An entire chapter could be dedicated to photographic documentation (which is so fundamental to the narration in this book as well). Many teachers of young children take photographs, but few of these images are really significant. It is not enough to have good technique and high quality instruments; we must adopt a very special attitude of listening. We need to abandon two images of children that have been forced on our eyes and minds, i.e. the extremely simplified image proposed by contemporary mass media culture, and the "colorless" one supplied by official pedagogy, where the esthetic sense seems absolutely marginal with respect to knowing and understanding.

When using the camera, we have to look at children with different eyes and a different mind, curious to encounter *them in their field of action, to grasp the unknown or unusual nuances (which are many) with the aim of offering back to children a picture of their many identities.*

There are also implicit technical problems in photo-documentation. Children are extremely quick to change positions, movements, and expressions. They turn their backs to the camera and block the view; they form human entanglements around something for which we will never know the ultimate importance. And we are often faced with inadequate lighting conditions.

Despite these difficulties, the extensive and invaluable collection of photographic documentation gathered over the years by our infant-toddler centers and preschools clearly demonstrates the development of the teachers' and atelieristas' capacity for sensitive intelligence and empathy.

A final aspect that we wanted to mention is the importance of communicating material such as that presented in this book to people who do not always participate directly in the work with children: pedagogistas, psychologists, researchers, and parents, all of whom are so important for the development of the overall educational project.

We feel that this type of presentation clearly communicates the vitality of the learning experience, which is so often limited to a partial "script" having little correspondence with the real excitement and energy of children's explorations.

We also recognize the importance of the children being able to revisit the paths and procedures they followed to reach a goal, though we would like to understand more about this process.

The narrative structure that we have chosen - like a sort of story-board *- is an attempt to give the maximum visibility to that interweaving of the events of life from which adventures in learning should never be separated.*

Probes such as this have made us even more aware of how observing and documenting the germination and evolution of human learning that takes place in a school of young children creates a fertile and valuable groundwork for understanding human life.

It is difficult to produce an innovative educational project for schools of all levels that is in tune with young people's ways of learning and knowing if such a project is not nurtured and sustained by ongoing research in early childhood.

The cultural changes that are now taking place, with the birth of a digital intelligence that is creating different structures of thought and relation (the future development of which we can only guess at and only minimally predict) makes it even more urgent and essential for us to understand the learning processes of the young children of today.

It is only through this understanding that we can, at least partially, be aware of the differences and the changes currently taking place and have an idea of those yet to come.

Being in tune with the future is strongly conditioned by the present, and in our difficult job as teachers, we cannot decline to assume at least part of this enormous responsibility.

Marina Castagnetti, Marina Mori, Paola Strozzi, Laura Rubizzi (Diana School teachers), *Vea Vecchi* (Diana School atelierista)

1 *This citation was taken from notes written by Loris Malaguzzi for a lecture on "probes" given in April 1988.*

2 *Documentation: see the introductory text by Sergio Spaggiari for a discussion on the meaning of this term in our experience.*

3 *"Atelierista" is the name that time and habit have assigned to the teachers in the Reggio Emilia preschools who are graduates of an art academy or institute. The atelierista has been a permanent member of the staff of the municipal preschools since 1968.*
   The role of the atelierista is not easy to explain using traditional canons. She or he is not merely an "art educator" or a specialist in the field, nor does the atelierista work exclusively in the atelier. The atelierista is, rather, a sort of on-site researcher who contributes his or her different background and skills to the group as a whole, helping to make the entire school a workshop, a place for research, experimentation, and ongoing professional development.

4 *Each class of 25 children is coordinated by a pair of teachers who have the same official status and role and are present in the class together from 8.30 a.m. to 2.00 p.m.. Before and after this time, only one teacher is present.*

우정의 척도

1991년 가을에 말라구찌 교수와 나는, IEDPE 라는 어린이들의 잠재력을 향상시키고 개발시키는 것을 목표로 삼고 있는 한 유럽 협회가 조직한 국제 컨퍼런스에 참석하기 위해 파리에 갔었다. 따라서 그 컨퍼런스의 주제는 어린이들이 지식 구축의 과정에서 보여준 그들의 잠재력과 능력이었다. 참석자 중의 일부는 문서화된 자료, 비디오, 또는 슬라이드 기록물을 활용하여 자신들의 연구 중 가장 최근의 결과들을 발표하기로 되어 있었다. 바로 이 계제에 말라구찌 교수가 이 책의 주제인 "신발과 미터자"의 경험을 최초로 발표한 것이다.

참석자 중에는 로마 CNR (국립 연구 센터)의 미라 스탐박(Mira Stambak), 헤르미네 싱클레어(Hermine Sinclair), 툴리아 무자띠(Tullia Musatti)와 제노아 대학의 라우라 보니까(Laura Bonica)도 있었다. 나는 이 슬라이드 기록자료의 발표를 준비하는 과정에서, 말라구찌 교수가 흥분감과 동시에 어느 정도의 긴장감도 가지고 있었던 것이 기억난다. 그것은 딱히 국제적으로 저명하며 존경받는 전문가들이라는 청중의 수준 때문에만 그랬던 것이 아니라 교육적 연구 자체의 성격 때문이었다. 어린이들의 학습 책략만 아니라, 전통적으로 "교사의 역할"로 규정지어 진 것에도 주의를 기울였다; 즉, 성인의 개입의 질과 양에 대한 것이었다. 그 질문은 다음과 같은 것이다 : 어린이들의 학습 경로와 과정을 지원하기 위해서 우리가 언제 어떻게 개입을 해야만 어린이들이 자신들이 세상과 관계를 맺는 데에 필요한 근본적인 개념들을 획득하도록 할 수 있는가?

어떤 개념이나 어떤 아이디어든지 어린이 경험의 의미들을 진정으로 변화시킬 수 있는 방식으로 제시될 수 있다. 예를 들어, 집단으로 작업하는 어린이들이 질량 보존과 불변의 개념들을 의미있는 방식으로 배우게 되면 – 이 경험에서 보여진 것 처럼– 어린이들은 세상을 다른 방식으로 보게 될 뿐만 아니라, 심오하게 다른 세상을 구성하게 된다. 이와 같이 각 어린이들은 누구나 새로운 세상을 구성하게 되거나, 혹은 더 나아가서 세상을 새로운 방식으로 해석하고 경험하게 된다.

이런 의식에서 말라구찌 교수는 "신발과 미터자" 경험을 발표하게 된 것이지만, 이 프로젝트에서 제기된 교육적 논점의 성격 또한 그가 염려할 만한 충분한 이유를 제공하였다.

사실, 그의 발표 내내 모든 참석자들이 경청을 하였는데, 그 끝 부분에 제기된 질문들 중의 하나가 강렬한 토론을 불러 일으켰다. 그 질문을 요약하면 다음과 같다: 《《교사의 입장에서 어린이들에게 상용 막대자를 사용하도록 제시하여 주어서 어린이들의 과정을 촉진시켜 주는 것이 더 옳은 것이 아니었을까? 그리고 어린이들이 막대 미터자를 사용하겠다는 아이디어를 내놓았을 때, 어린이들이 앞으로 갔다가 다시 [명백하게] 뒤로 후퇴를 하여서, 나중에 가서야 미터 막대자를 그 부분들로 쪼개면서 사용하기로 결정을 하도록 내버려 두었는데 그 대신에, 그들의 결정이 맞다는 것을 인정해 주고 지원해 주는 것이 더 바르고, 따라서 더 어린이들을 존중해 주는 것은 아니었는지?》》 이 뒤부분에 있었던 조작은 이 연령의 어린이들에게는 너무 복잡해서 훗날에 다루도록 미루어졌어야 했을 문제(내 생각에는, 사건들이나 어린이들 자신에 의해서가 아니라 미리 계획된 교육과정에 의해 결정되어진 어느 훗날에!)라고 간주되어 졌다.

그러나 무엇보다도, 청중 중에 몇 명은 교사가 어떤 설명이나 해결책을 제시하지 않은 상태에서 어린이들이 그처럼 긴 시간 동안을 작업 하도록 한 것은 부적절한 것이라고 생각하는 사람들이 있었다. 그런 사람들이 한 코멘트는 다음과 같다: 《미터자란 것은 존재합니다. 어린이들도 그것을 알고 있고, 그것에 대해서 이야기도 하며, 그들은 어떻게 그 자를 사용하는지도 압니다....비록 그 내재적인 특성(센티미터, 데시미터등)을 어린이들이 제대로 이해하지 못한다고 하더라도 말입니다. 그 어린이들은 아주 어리잖습니까!》 그리고 또 다른 코멘트는 : 《이 어린이들은 미터 막대자 뿐만아니라 다양한 많은 도구와 기법에 아주 익숙한 시대에 살고 있습니다.》 근본적으로, 많은 참석자들의 견해에 의하면, 그 경험들은 시간과 에너지의 낭비이며, 어린이들 입장에서 노력은 덜 들이고도 아마 더 효과적이며 만족스러운 결과를 얻을 수 있는 일이었다는 것이다. 여기 주인공들이 어린 나이에 이처럼 복잡한 프로젝트에 참여하도록 하는 것이 과연 현명한 것이었는지에 대해 의문을 제기하는 사람도 많았다. 이런 논의점들은 바로 해당 사례를 초월해서 우리가 감히 말하기를 "우리 시대적인" 교육적 문제점들을 직면하도록 한다: 즉, 우리가 살고 있는 이 역사적 시기에 내재되어있고 전형적인 그런 문제들이다. 매일, 사실 우리는 (그리고 가장 어린이들까지 모두 포함하여서) 우리를 둘러싸고 있는 현실에 대해 유추를 한다. 우리는 사건들을 서로 연결짓고, 범주와 개념들을 구성하며, 추정 증거에 근거하여 임의적 관계를 수립한다. 우리는 정보를 생산해 내고 그것을 조작하며, 도구들과 이미지들을 사용한다. 그런데 이 모든 행위를 인도하는 기준들과 가정들은 거의 명문화되거나 공유되지 않는다. 우리는 그저 이런 기준들과 가정들은 사용할 뿐이고, 부정적인 결과를 피하거나 부적절한 행위를 하지 않기 위해서 다른 기준이나 가정을 채택하도록 상황이나 맥락이 요구하면 쉽게 가지고 있던 것들을 포기해 버린다.

그러면서 종종, 우리는 우리가 어떻게 혹은 왜 그렇게 하는지에 대하여, 그리고 우리 행위의 보다 복잡한 의미들에 대하여 깊이 이해하지 못하면서 과제를 수행하거나 문제를 풀곤 한다. 우리는 점차 복잡해지고 추상적이 되어가는 온갖 종류의 데이터, 정보, 이미지들, 그리고 도구들을 조작하게 되는데, 그것들에 대해 돌이켜 볼 시간을 갖거나 우리의 기존 지식 구조 안으로 새로운 요소들을 통합시키려고 하지도 않는다: 즉, 우리의 사고 방식을 바꾸려고 하지 않는다.

파리에서 있던 토론 중에 직면했던 문제도 바로 이런 성격이었다: 어떻게 학습자에게 의미있는 지식을 구성하며, 어떻게 우리 지식, 우리의 지적 구성물들, 이런 지적 구성물과 현실을 관찰하고 해석하는 방식들 간의 관계들에 대해 우리가 의식하고 있는 바를 어린이나 젊은이들과 나눌 수 있는가 하는 것들이다.

말라구찌 교수와 그곳에 참석했던 많은 다른 사람들의 견해에 의하면, 진정한 의식 구조화의 과정은 바로 "신발과 미터자" 경험에서 묘사된 것과 같다는 것이다: 오랜 시간 지속되며, 공유되고, 멈춤, 침묵, 후퇴, 차이점 그리고 발산을 모두 허용하는 과정들: 인지적, 정의적, 그리고 사회적 전체로서의 개개인을 포함하는 과정들.

그렇다면, 진정한 문제는 언제 그리고 어떻게 어린이들에게 (몇 살에? 어떤 방식으로?) 표준적 측정도구들을 제시해 주고 설명해주는가 라고 하기보다는, 우리가 어떻게 확산적이며 창의적인 사고가 발달할 수 있는 상황을 마련해 줄 수 있는가이며, 단순히 "옳거나" 혹은 "참이다"라고 간주되는 한가지 아이디어(합법화된 지식, 확립된 부호들과 학문 영역들)를 접하게 하기보다는, 어떻게 다른 사람들과 아이디어들을 비교하는 능력과 즐거움을 지속시켜주는가 하는 것이다. 이 모든 것은 어린이들이 어릴수록 더욱 해당되는 것으로 더욱 중요하다. 이것은 단지 교육적이며 교수적인 쟁점이 아니라 윤리와 가치의 문제이다.

학교와 학급은 개개인이 자신이 가진 지식을 비교하고, 빌려주며, 다른 이들과 교환을 하기 위해 설명을 – 무엇보다도 자기 자신에게– 해야만 하는 곳이 된다. 이러기 위해서 교사는 맥락 안에서, 전적으로 참여하고, 무엇보다도 어린이들이 관찰하고 해석하며 세상을 나타내는 다양한 방식들을 이해하고자 하는 것이 필요하다.

어린이와 교사들이 함께 구성해 가는 학습의 경로는 각 어린이가 이해하는 방식과 세계들에서 시작된 것이다. 우리는 지식을 구성하는 것만이 아니라 어떻게 이런 구성이 일어나는지에 대한 의식도 구성한다: 교환, 대화, 확산, 협상, 그리고 진정한 우정의 기쁨인 함께 일하고 사고하는 것의 기쁨. 이런 의식 때문에 교수적 대화 안에 진정으로 새로운 요소가 도입이 된다.

이 과정의 참여하는 개개인은 일어나고 있는 일에 대해 의식하고 있어야 하며, 따라서 그것에 대해 책임을 지는 것이 필요하다. 이것은 경험을 계획하고 살아내는 것을 의미하며, 무엇보다도 이것을 "많은 거울의 게임"안에서 즐기는 것을 말하는데, 그 결과로 많은 논리들을 발견하게 되는 만족감을 얻는

다: 자신의, 친구들의, 그리고 교사들의 논리들– 그리고 이 이야기에서는, 미터자의 논리.

오늘날 그 어느 때보다도, 말라구찌 교수가 이 집단의 어린이들이 신발과 미터자를 가지고 따라간 경로를 지지하는 의미에서 제공한 주장이 여지껏 매우 "시기 적절한" 것으로 남아있으며, 이런 이유에서, 신발과 미터자는 반영해 보기에 아주 훌륭한 기회를 제공한다.

칼라 리날디
책임 교육조정관
레지오 에밀리아 시립 영유아 센터와 유아학교

가장 친한 친구

The best of friends

A Measure for Friendship

It was in the autumn of 1991 that Professor Malaguzzi and I went to Paris to participate in an international conference organized by the IEDPE, a European association whose aim is the development and enhancement of young children's potentials. The theme of the conference was thus the potential and competence expressed by children in their knowledge-building processes. Some of the participants were asked to present the most advanced results of their research by means of written documents, videos, or slide documentaries. It was on this occasion that Professor Malaguzzi presented for the first time the "shoe and meter" experience which is the subject of this book.

Among the participants were Mira Stambak, Hermine Sinclair, Tullia Musatti of the CNR (National Research Council) in Rome, and Laura Bonica from the University of Genoa.

I remember Professor Malaguzzi's excitement, but also a certain degree of tension, as he prepared to present the slide documentary. It was not just due to the quality of the audience, which was composed of internationally known and respected experts, but the nature of the pedagogical research itself. The attention was not only on the children's learning strategies but also on that which is traditionally defined as the "role of the teacher"; that is, the quality and quantity of adult intervention. The question was: How and when do we intervene in order to foster the children's learning paths and

processes so that they can acquire the fundamental concepts for their relationships with the world? A concept or an idea can be presented to a child in such a way that it truly changes the meanings of his or her experience. For example, children working in a group who learn the concepts of conservation of matter and invariance in a significant way - as can be seen in this experience - not only see the world in a different way, but construct a world that is profoundly different. Thus each child creates a new world, or better: a new way of interpreting and experiencing the world.

It was this awareness that suggested to Professor Malaguzzi to present the "shoe and meter" experience, but it was also the nature of the pedagogical issue raised in this project that generated his well-founded worries.

In fact, at the conclusion of his presentation, which had been followed attentively by all present, one of the questions that emerged stimulated intense discussion. The question could be summarized as follows: «Would it not have been more correct on the part of the teachers to facilitate the children's process by suggesting that they use a standard measuring stick? And when the children bring out the idea of using the meter stick, would it not have been more correct, *and thus more respectful of the children, to confirm and support their decision instead of letting them go forward and then* [apparently] *backward, only later returning to the decision to use the meter* stick, breaking it up into its component parts?» This latter operation was considered to be too complex for children of this age and thus should have been postponed to a later date (a later date which, in my opinion, would have been established more by a pre-planned curriculum than by the events and the children themselves!).

But above all, there were some in the audience who thought it was inappropriate to have allowed the children to spend such a long time working on a problem without any explanations or solutions offered by the teachers. Such comments were made as: «The meter exists, the children know it, they talk about it, they know how to use it... even though they do not understand its intrinsic characteristics (centimeters, decimeters, etc.). They are so young!» And also: «These children live in a time in which they are familiar not only with the meter stick but with many other instruments and techniques.» Substantially, the opinion of many of the participants was that the experience was a waste of time and energy for achieving a result that would have been possible with less effort and perhaps more effectiveness and satisfaction on the part of the children. The tender age of the protagonists also raised many doubts about the wisdom of involving them in such a complex project.

This issue transcends the case at hand and places us in front of an educational problem that we could define as "of our times"; that is, inherent to and typical of the historical period in which we are living.

Every day, in fact, we (and this includes even the youngest children) make inferences about the reality that surrounds us. We put events into relation, we construct categories and concepts and establish random relations based on presumed evidence. We produce and act on information, use instruments and images. All this is guided by criteria and assumptions that are only rarely explicit and shared. We simply use these criteria and assumptions and then abandon them when a situation or a context obliges or induces us to adopt different ones in order to avoid negative consequences or inadequate actions.

Very often, then, we carry out a task or resolve a problem without a deep understanding of how or why we did so, of the more complex meanings of our action. We manipulate all kinds of data, information, images, and instruments which are increasingly complex and abstract, without giving ourselves time to reflect, to integrate the new elements into our pre-existing knowledge structures; i.e. to change our way of thinking.

This is the nature of the problem which was also confronted in the discussion in Paris: how to construct knowledge that is significant for those who learn, and how to share with children and young people the consciousness of our knowledge, of our mental constructions, of the relationships that exist between these constructions and ways of observing and interpreting reality.

It was the opinion of Professor Malaguzzi, as well as many of those present, that the real structuring *processes were precisely those described in the "shoe and meter" experience: processes that extend over time, that are shared, that allow for pauses, silences, retreats, differences, and divergences; processes that involve the individual in his or her cognitive, affective, and social wholeness.*

The real problem, then, is not when and how to explain or present the meter stick to children (at what age? in what way?), but rather to ask how we can create the conditions that enable the development of divergent and creative thought; how to sustain the ability and the pleasure involved in comparing ideas with others rather than simply confronting a single idea that is presumed to be "true" or "right" (legitimated knowledge, established codes and disciplinary areas). All this is much truer and more important the younger is the child. It is not only a pedagogical and didactic issue, but also one of ethics and values.

The school and the classroom become the place where each individual is confronted with the need to explain his own knowledge - first of all to himself - in order to compare it, loan it, exchange it with others. This requires the teacher to be inside the context, fully participating, above all because she is curious to understand the various ways that children observe, interpret, and represent the world.

The path of learning that children and adults construct together originates from these ways and worlds represented by each child. We construct not only knowledge but also an awareness of how this construction takes place: exchange, dialogue,

divergence, negotiation, and also the pleasure of thinking and working together which is the real pleasure of friendship. It is this awareness that brings truly new elements into the didactic dialogue. Each of the participants in this process must be aware of, and thus responsible for, what is taking place. This means planning and living the experience, and above all enjoying it in this "game of many mirrors", with the resulting satisfaction of discovering many logics: your own, those of your friends, your teachers - and in this story, the logic of the meter.

Today more than ever I am convinced that the arguments offered by Professor Malaguzzi in support of the path taken by this group of children with a shoe and a meter stick, continue to be very much "of the moment", and this is what makes Shoe and Meter *such a wonderful opportunity for reflection.*

Carla Rinaldi
Pedagogical Director of the Municipal Infant-toddler Centers and Preschools of Reggio Emilia

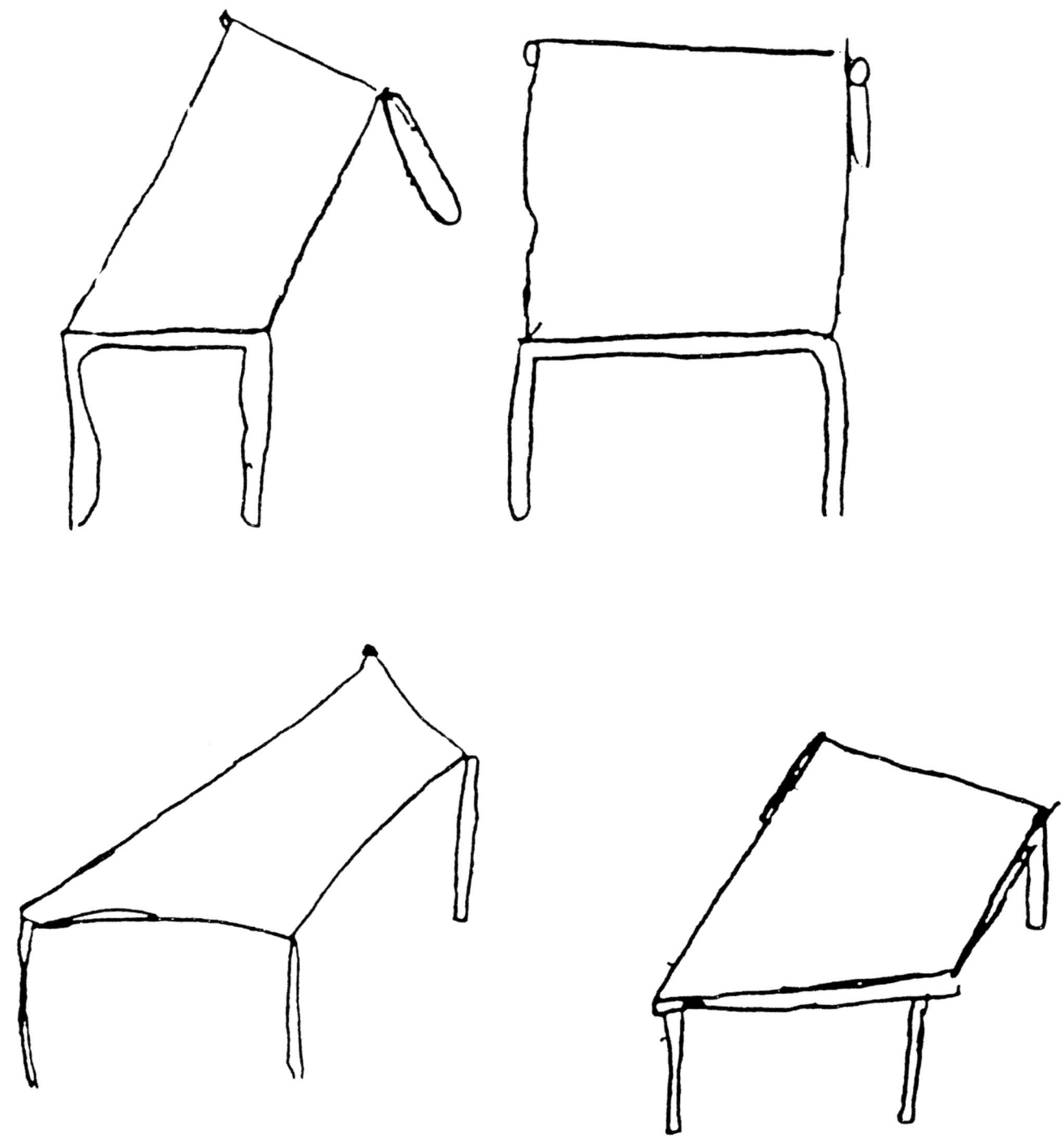

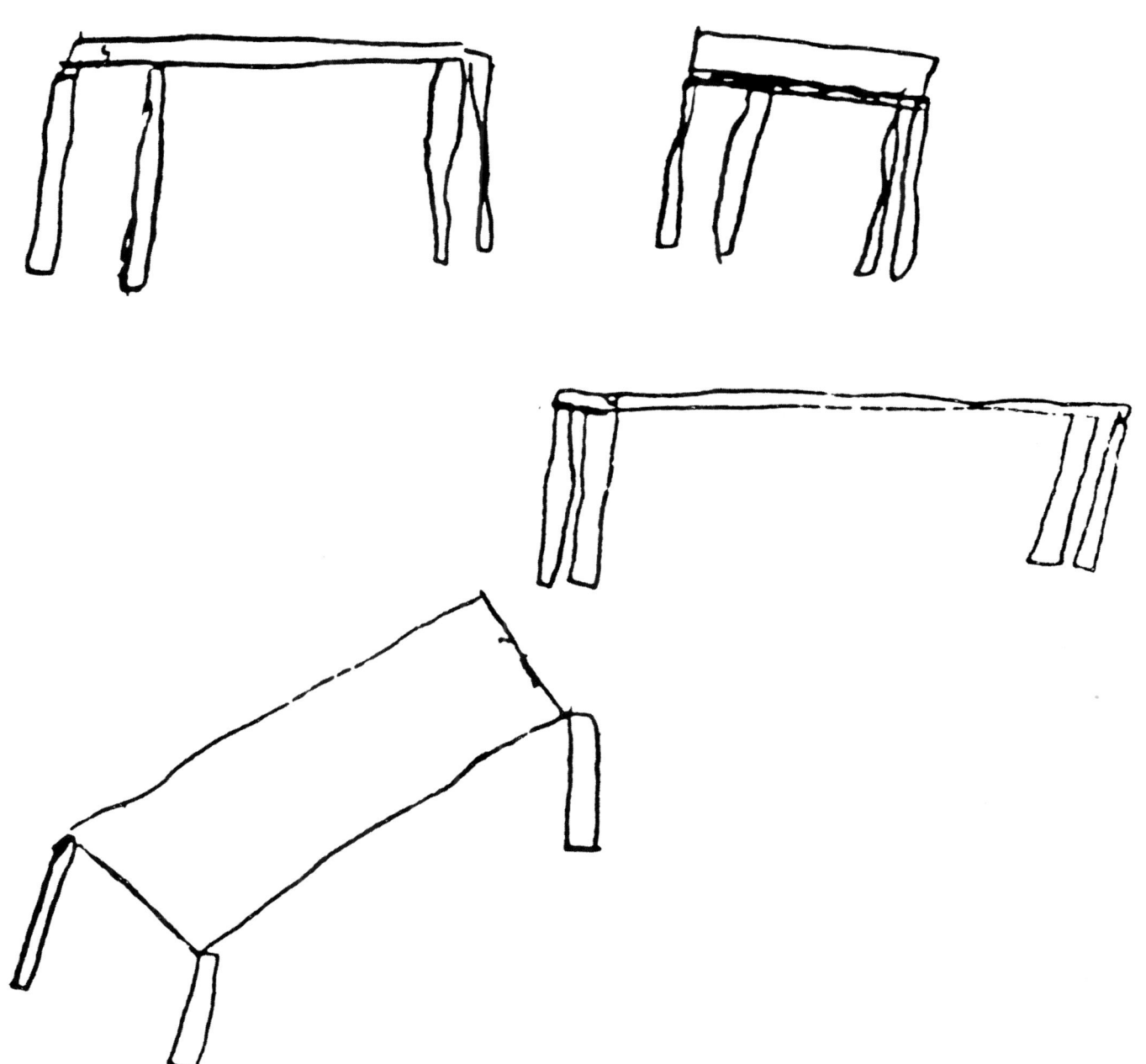

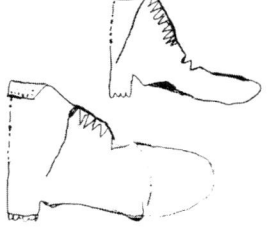

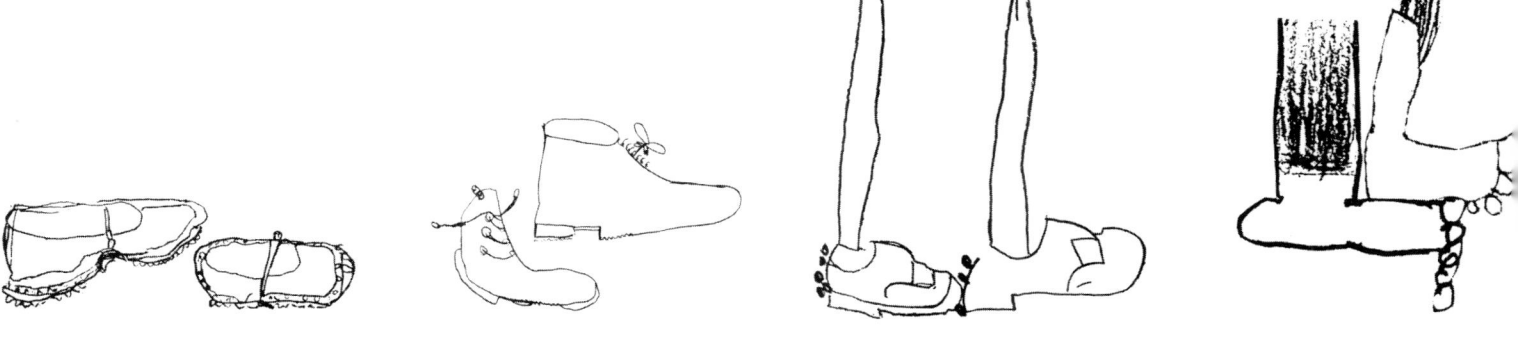

▨ 역자 약력

오문자

서울대학교 불문학과 졸업
미국 Southern Connecticut State University 유아교육 석사
미국 University of Massachusetts, Amherst 유아교육 박사

전. 삼성복지재단 어린이 개발센터 소장

현. 계명대학교 사범대학 겸임 교수
　　「레지오 에밀리아의 유아교육」의 공동역자
　　「레지오와의 만남 귀향 그리고 적용」의 공동역자
　　뉴스레터 「한국 레지오 어린이」 발행